LA SEULE FAÇON D'AIMER

Didier Barbelivien

La seule façon d'aimer

Roman

Fayard

Dépôt légal : Février 2024

Couverture : Nuit de Chine

ISBN : 978-2-213-72661-8

Avertissement de l'auteur

Aucun des lieux cités ici ne correspond à une quelconque réalité. Tout a été mélangé, réinventé, réorganisé.

Les personnages de ce roman sont une pure création de l'auteur, ici seuls les sentiments sont vrais.

L'écriture d'un roman n'est rien s'il ne croise, sur son chemin, des yeux et des cœurs pour s'y reconnaître, un peu, beaucoup, passionnément.

Merci à vous toutes et à vous tous qui l'avez maintenant entre les mains d'être de ceux-là.

Dédicace

À Louise et Lola Barbelivien ou bien à Lola et Louise Barbelivien pour leur dire qu'un jour « l'amour » sera la grande affaire de leur vie, il n'y en a pas d'autre.

À David Barbelivien qui le sait déjà.

À Laure Barbelivien qui me le fait vivre chaque jour.

« La vérité étant souvent moins belle que le mensonge.
Il était fatal qu'un jour ou l'autre le mensonge ait eu envie de lui refaire le visage... »

Marilyn Monroe

« J'ai aimé jusqu'à atteindre la folie.
Ce que certains appellent la folie, mais ce qui, pour moi, est la seule façon d'aimer. »

Françoise Sagan

1

Avril 2015
Roissy-Charles-de-Gaulle

Cela fait dix minutes que Jeanne Danicourt, alias Jennifer Jones, déambule incognito dans les couloirs de l'aéroport, un sac marin sur l'épaule.

Silhouette anonyme dans le reflet des vitrines, c'est comme ça qu'elle aime vivre.

Cool.

Casquette militaire enfoncée jusqu'aux oreilles, cheveux noués par un élastique ordinaire, grosses lunettes noires qui lui mangent la moitié du visage, elle avance d'une démarche nonchalante, un peu chaloupée, vêtue de son *baggy* informe et de sa veste en treillis marron, chaussée de rangers estampillés Chanel qu'elle a elle-même floqués au feutre noir. Sa « tenue camouflage » comme elle l'appelle. Elle en possède pour chaque circonstance. Aujourd'hui, c'est le look *military airport*.

Elle entre dans la boutique Relay pour y chercher des chewing-gums. Depuis qu'elle a arrêté de fumer il y a deux ans, elle en mâche frénétiquement une trentaine par jour, mais pas plus d'une minute. Elle les recrache discrètement dans des kleenex qu'elle a toujours sur elle. Pas très élégant certes, mais c'est toujours mieux que de les coller un peu n'importe où comme font les enfants quelquefois.

Quand elle les surprend à faire ça, elle sourit et leur lance un clin d'œil complice.

Jennifer Jones ne dénonce jamais.

Elle se balade entre les rayons des livres et des magazines.

Elle est attirée par une couverture un peu flashy, lettrage gravé en relief qui englobe le nom et le prénom de l'auteur autour d'un immense W : le nouveau roman de William Westwood.

Mystérieux William Westwood, dont personne ne connaît le visage, au point que certains critiques n'ont pas hésité à dire qu'il n'existait pas, et qu'*Alexandra*, son précédent roman, n'était que l'œuvre d'un collectif de journalistes spécialisés dans la pop music.

Jennifer l'a lu comme tout le monde ou presque, d'ailleurs il est encore en bonne place à côté de ce nouvel ouvrage.

Elle a trouvé l'histoire géniale. Vingt-deux millions d'exemplaires vendus à travers le monde. Autant que l'album *Thriller* de Michael Jackson.

Une partie de son immense succès a sans doute été due à la promotion qu'en ont volontairement et involontairement faite les protagonistes évoqués dans le bouquin.

Bob Dylan et Mick Jagger sont convenus que les propos que l'auteur leur a prêtés sonnaient parfois encore plus vrais que dans la réalité.

Sur la chaîne MTV, Sir Elton John s'est contenté de déclarer en secouant la tête : « Oh mon Dieu ! J'aimerais tellement ressembler au portrait qu'il a fait de moi ! »

Quant à Bruce Springsteen, il s'est exprimé en direct sur CBS News : « Mais putain, ce type a vécu penché sur mon épaule, ou quoi ? Comment peut-il savoir tout ça ? »

Jennifer a moins aimé l'adaptation portée à l'écran, l'interprétation de la comédienne australienne n'était selon elle pas crédible. Surtout pendant les scènes où elle jouait travestie en garçon.

Avec une pointe de jalousie, elle s'était dit qu'elle aurait fait beaucoup mieux.

Pour ça, il aurait fallu avoir des qualités de musicienne, et elle en est totalement dépourvue.

Elle tourne et retourne le livre qu'elle a entre les mains : *La Seule Façon d'aimer*.

Le titre n'a rien de très original, mais *Alexandra* ne l'était pas non plus, alors que l'histoire : quelle bombe !

Elle se décide, elle le prend, elle y ajoute *Paris Match* et le dernier *Vanity Fair*, elle se retourne pour tendre ses achats à une jeune femme élégante qui la suit comme une ombre discrète depuis leur entrée dans l'aéroport.

Cécile Rimbaud, 35 ans, blonde comme les blés, elle est son agent, son manager, son conseiller artistique depuis bientôt dix ans, son intendante aussi. C'est elle qui règle les menues dépenses de Jennifer, qui n'a jamais d'argent sur elle.

Cécile a retenu une grimace en découvrant le choix du roman que vient de faire son amie.

C'est elle qui transmet toutes les propositions de rôles qui sont faites à Jennifer, c'est son job, elle lit souvent les scénarios avant elle, on dit aussi qu'elle a le pouvoir de peser sur ses décisions.

D'après des producteurs, elle serait une sorte de gourou, certains chuchotent même à voix basse qu'elle serait un peu plus que ça.

Elles ont toutes les deux fini leur shopping en duty free.

Cécile n'avait plus de démaquillant, ni de crème de jour ultra-fluide. Elle lui sourit, satisfaite.

– On passe en salle d'embarquement, Jen ?

– OK, je te suis, on y va !

Cécile a très vite adopté ce diminutif pour s'adresser à elle, il est tellement proche de son prénom d'origine.

Dans soixante-douze heures, Jennifer a rendez-vous à Los Angeles avec celui qu'elle considère comme le plus grand réalisateur américain.

Ce sera son onzième film, six en France, un en Allemagne, un en Italie, deux aux États-Unis, si tout va bien celui-là sera le troisième. Depuis ses débuts d'actrice il y a six ans déjà, elle a connu des succès dans le monde entier.

Prix d'interprétation à la Mostra de Venise.

Ours d'or à Berlin.

César du meilleur espoir féminin à Paris, et puis, dès l'année suivante, César de la meilleure actrice.

Nommée deux fois pour les Oscars à Los Angeles, deux échecs. En 2012, c'est Meryl Streep qui l'a emporté, elle le méritait amplement.

En 2013, c'était le retour d'Angelina Jolie, dans une comédie romantique.

Inutile de rêver.

Elle n'était peut-être pas la meilleure cette année-là, mais on ne lutte pas contre le come-back d'Angelina Jolie.

Un prix d'interprétation à Cannes ?

Elle y songe quelquefois.

Ce serait l'apothéose, le feu d'artifice, un jour peut-être, elle a le temps.

Tous les critiques et les professionnels de la profession s'accordent à dire « qu'elle peut encore grandir ». Elle déteste cette expression autant que « l'avenir lui appartient ».

Elle vient seulement d'avoir 30 ans.

Et pourtant ce n'était pas gagné, son intrusion dans le monde du septième art, pas gagné du tout.

Après sa fulgurante ascension dans une carrière de top model aux quatre coins du monde, l'idée de la voir arriver sur les plateaux de cinéma en a fait sourire plus d'un.

Dans son premier film, où elle n'avait évidemment pas le rôle principal, elle s'est montrée époustouflante.
Le réalisateur François Ozon avait encore visé juste.

En salle d'embarquement, il y a beaucoup d'agitation autour d'elles. Elles sont assises côte à côte sur des sièges métalliques inconfortables.
Elles n'ont pas profité du lounge qu'on réserve aux passagers de la première classe.
Jennifer déteste les salons VIP, elle s'y ennuie, elle y tourne en rond, elle trouve ça sinistre.
Ce qu'elle aime, c'est pouvoir observer les gens, leur visage, leurs gestes, dans une file d'attente. À partir d'un physique, d'un vêtement, d'une attitude, elle se plaît à imaginer toute une histoire dans sa tête.

Ce couple de personnes âgées par exemple, on devine entre elles les années d'amour traversées et aujourd'hui la tendresse partagée...
Et ces deux-là avec leur dégaine d'étudiants qui esquissent un baiser ou une caresse toutes les deux secondes tant ils semblent en avoir envie. Sont-ils déjà amants ou promis à le devenir ?
Et ce petit garçon accroché à la jupe de sa mère, elle hésite entre un futur président de la République et le nouveau Picasso. Allez savoir.

Une voix dans les haut-parleurs interrompt sa rêverie. Elle suit Cécile, qui s'est levée la première, et s'avance vers les hôtesses qui procèdent à l'embarquement des passagers.

Jennifer tend son passeport à la jeune femme en face d'elle, lui adresse un demi-sourire rapide et emboîte mécaniquement le pas de Cécile vers la cabine de l'avion.

Encore une fois, Jennifer Jones est passée tranquillement sous les radars de la célébrité.

Normal, personne ne connaît Jeanne Danicourt…

Jennifer Jones.

Elle a choisi ce pseudonyme en raison des initiales, quand l'agence de mannequins lui a demandé de s'en trouver un. J.J., elle s'est dit qu'un jour on finirait par l'appeler comme ça.

Elle a vérifié sur Internet si jamais il n'y avait pas d'homonyme connu. Et bien si, justement, une comédienne des années 30. Elle n'a pas cherché à en savoir plus.

Elle pousse un soupir de satisfaction en s'asseyant. Les fauteuils des avions en première classe sont ceux qu'elle préfère au monde. Pas que pour l'assise. Non, ce qui la grise, c'est cette poussée d'adrénaline qu'elle ressent à chaque fois qu'elle est dans les airs. Comme si elle respirait mieux à 10 000 mètres d'altitude. Se laisser planer, au sens propre comme au figuré, penser sereinement à ce rendez-vous qui l'attend outre-Atlantique. Martin Scorsese, le plus grand réalisateur américain à ses yeux. *Taxi Driver*, *Casino*, *Mean Streets*, *Les Affranchis*, *Aviator*, et tellement d'autres chefs-d'œuvre. Elle connaît toute sa filmographie. *Le Loup de Wall Street*, elle l'a visionné trois fois. Délirant.

Il a un projet pour elle. Un très gros projet. Au téléphone, il n'a rien voulu évoquer de précis avant de l'avoir devant lui, mais il lui a simplement dit : « Je crois que je vais vous étonner. » Elle l'a cru sur parole, c'est pour ça qu'elle est dans l'avion. Elle est prête à faire tous les essais qu'il lui demandera, à se laisser diriger au millimètre, tant qu'elle est filmée par ce monstre sacré.

Cécile a déjà réglé en amont tous les détails pratiques de leur meeting. Cécile qui s'est endormie instantanément à côté d'elle, un masque occultant sur les yeux, aidée par une pilule magique dont elle a le secret.

À un moment du vol AF 9015, Jeanne Danicourt s'éclipsera dans les toilettes de l'avion le temps de redevenir Jennifer Jones. « Transformation fulgur' » comme le faisait Goldorak, le héros de son enfance. Elle imagine la tête des hôtesses quand elle regagnera son fauteuil. Elle en sourit d'avance.

Pour l'instant, elle caresse le livre qu'elle a entre les mains.

Elle n'avait pas vraiment prêté attention aux deux personnages dessinés en filigrane au fusain. Une jeune femme d'une trentaine d'années qui se fond dans le portrait d'un garçon très beau.

Elle le retourne et en parcourt le pitch au verso. Une folle histoire d'amour qui se passe aux États-Unis entre une professeure de lettres et un élève encore adolescent. Ce sujet lui parle instantanément. Elle a le sentiment de se retrouver quinze ans en arrière, elle en a le cœur battant. Impatiente de découvrir le premier chapitre, elle abaisse un peu le dossier de son siège électrique, croise les jambes et se laisse glisser confortablement.

Jennifer Jones ne sait pas à quel point cette lecture va bouleverser sa vie, c'est en toute innocence qu'elle commence à lire les premières pages signées William Westwood.

2

Septembre 2000
La fille de l'ambassadeur

Mamina

Le lycée m'est toujours apparu comme une enceinte protégée, un vase clos, un camp retranché. Des années constellées de taches d'encre, de carnets de correspondance, de couvertures de cahiers en plastique multicolores, de stylos-plume, de cartables, de sacs à dos pour trimballer tous nos manuels. Un lieu à part avec ses codes et ses règles, une caserne autant qu'un lieu d'émancipation.

Et de rencontres aussi.

Certaines banales, d'autres ordinaires. Celles que j'ai faites cette année-là ont changé ma vie. Parce que les protagonistes de cette histoire ne ressemblent à personne d'autre. Et parce que l'un des deux est devenu mon âme sœur. Et si on dit que ce qui a été vécu ne reviendra plus, c'est faux, archi-faux. Je sais au plus profond de mon être que si tout meurt, tout demeure, et que rien n'est jamais fini pour toujours. Jamais.

Je m'appelle Yasmina Chagourny.

Avant de devenir un jour son avocate et sa biographe officielle, j'ai donc commencé par être sa meilleure amie.

J'ai partagé avec elle chaque instant de cette année-là, et les rares événements auxquels je n'ai pas assisté, elle me les a racontés en détail. Je suis sa mémoire vivante, je n'ai rien oublié.

Dans cette histoire, je joue le rôle de la récitante, comme autrefois dans les opéras du XVIIe siècle, ou la « voix off » au cinéma. Comme dans *Légendes d'automne* ou *Il était une fois en Amérique*, pour ne citer que ces deux-là. Et maintenant que les présentations sont faites, les héros vont entrer en scène, moi je reste cachée derrière.

***

Elle, je l'ai rencontrée sur les bancs du lycée Jean-Baptiste-Say à Versailles. C'était à la rentrée en septembre 2000.

Mon père venait d'être nommé ambassadeur du Liban en France quelques semaines plus tôt.

Autant pour notre sécurité que pour le rejet qu'inspiraient à ma mère les locaux de l'ambassade, mes parents avaient décidé d'établir leur résidence privée dans cette ville historique des Yvelines. Une charmante maison bordée d'arbres centenaires avec un joli jardin à la française qui s'étendait à l'arrière de la demeure.

Je ne sais pas ce qui m'a poussée ce jour-là à m'asseoir à côté d'elle, moi qui suis toujours si timide et réservée, je me suis sentie attirée par son charisme, sa beauté sûrement.

Elle ne semblait pas en être consciente. Elle me paraissait surtout enjouée, limite exubérante, bavarde dès les premiers instants où nous avons fait connaissance.

Je sentais chez elle une tendance naturelle à l'indiscipline.

Avais-je bien choisi ma future meilleure amie ?

C'est elle qui m'a fait remarquer en lisant mon adresse par-dessus mon épaule que nous serions désormais voisines pour le meilleur et pour le pire.

Ne l'étions-nous pas déjà ?

– Moi, je m'appelle Jeanne Danicourt. J'ai l'air un peu fofolle comme ça, mais je suis très appliquée au travail. Tu t'en apercevras vite. Et j'ai bien l'intention de rester la première de la classe si tu n'y vois pas d'inconvénient…

Insolente et souriante à la fois, un mélange d'espièglerie et de détermination dans le regard.

Je l'ai adorée dès cet instant.

3

Janvier 2001
Gymnase

Après le cours de gym, ça chahutait fort dans le vestiaire des filles. Ça piaillait et ça se bousculait pour courir sous les douches. C'était à qui arriverait la première. On aurait dit des garçons.

Jeanne s'est approchée de la grande Sabrina en retirant son sweat, sans s'arrêter de marcher. Souriante. Pensive.

– Dis-moi, Sab, c'est qui ce type qui est venu embrasser la prof pendant les exercices ?

– Quoi ? T'es pas au courant ? C'est son mec. Il est pas mal, non ? Pour l'instant, on dirait qu'il prend ses marques. Il est arrivé lundi au lycée. Mais je peux déjà te dire qu'on est appelées à le revoir. On va pouvoir se remettre au français dare-dare. C'est lui qui remplace madame Langlois au moins jusqu'à la rentrée prochaine, parce que, le temps qu'elle accouche, plus son congé maternité, tu peux dire adieu à *George Sand.*

Le regard des ados sur leurs professeurs est souvent impitoyable. Celle-là devait son surnom à ses chemisiers blancs boutonnés jusqu'au col et à ses longues jupes informes qui lui tombaient aux chevilles.

– T'es mieux renseignée que Fouché sous Napoléon, ma Sabrina ! T'es géniale, je ne sais pas comment tu fais pour tout savoir avant tout le monde...

– Parce que je suis ta déléguée de classe, tu l'as déjà oublié ? C'est normal que je m'informe, Miss Marple !

Sabrina adore Jeanne depuis le collège, elles ont fait toute leur scolarité ensemble, c'est son « ancienne meilleure amie », oui, Sabrina adore Jeanne, mais qui n'aime pas Jeanne Danicourt dans cette première L4 ?

Écoutons-la nous faire l'article.

Premièrement, elle est belle, non, pas belle, canonissime, et c'est très rare qu'une bombasse comme ça ne soit pas détestée par les autres filles (les garçons, on en parle même pas, ils bavent devant elle, que ça fait pitié).

Deuxièmement, c'est la plus jeune de la classe. Elle n'a pas encore 16 ans, elle en paraît 18. 1,70 m environ, un port de tête de princesse, une épaisse chevelure châtain clair, un teint de pêche abricot, des lèvres ourlées à la perfection, des yeux bleu électrique, vous voyez le genre.

Troisièmement, elle cartonne dans toutes les matières, d'accord, mais, en français et en histoire, on peut dire qu'elle est redoutable, elle a toujours une petite référence historique ou une citation prête à jaillir de ses lèvres pulpeuses.

Ça agace les profs quelquefois, ça fait sourire les élèves souvent, et elle-même semble s'amuser de cette manie singulière dont elle est la première friande.

Et enfin, quatrième roue du carrosse, elle est archi-cool avec tout le monde, alors que chacun sait que ses parents sont « blindés de chez blindé ». Il y a des matins où c'est le chauffeur de sa famille qui la dépose au lycée. C'est vous dire !

Sinon elle est sapée comme nous, elle mange à la cantine comme nous, elle partage, elle invite, elle dépanne autant qu'elle peut le faire, même si ce n'est pas mère Teresa.

Petit détail de grande importance : elle ne parle presque jamais de ses parents, on a pourtant vu son père à la télé l'année dernière, quand il a opéré le Premier ministre d'un problème cardiaque.

Quand certains lui ont posé la question, elle a fait oui avec la tête et point final, elle n'a pas commenté l'événement plus que ça.

Jeanne a glissé son sac de sport sur l'épaule gauche.

– Salut les filles, à demain !

Elle quitte les vestiaires, traverse la cour du lycée en frissonnant un peu, ses cheveux ne sont pas tout à fait secs, elle resserre son écharpe autour de son cou.

Notre futur prof de français était reparti d'une démarche nonchalante avec un petit geste de la main à l'adresse de nous toutes, le genre « excusez-moi, je ne faisais que passer ».

Et Jeanne l'avait suivi des yeux jusqu'à ce qu'il referme la porte du gymnase derrière lui.

4

Janvier 2001
Comme au Cercle des poètes disparus

Mamina

Il est arrivé chez nous après les vacances de Noël.

Je dis encore « chez nous » pour évoquer cet endroit où le vent glacial de janvier avait fini par balayer les dernières feuilles récalcitrantes de l'automne. Les arbres dénudés de la cour se dressaient comme des épouvantails désespérants, la plupart des élèves ne descendaient même plus fumer une cigarette pendant les pauses tant il faisait froid.

Il est entré dans la classe en jetant négligemment sa serviette au bas du tableau, en retirant son manteau et en s'asseyant cavalièrement sur son bureau, mains croisées, jambes dans le vide.

– Bonjour à tous. Je m'appelle Frédéric Durban, je suis votre nouveau professeur de lettres en remplacement de Mme Langlois qui attend un heureux événement, comme vous le savez…

Il a sorti de sa veste en tweed bleu marine une paire de lunettes et s'est mis à jouer machinalement avec.

– Mon nom se prononce « Durban » en français, ou « Durbanne » avec l'accent britannique. En d'autres temps, j'aurais pu vous enseigner la langue de Shakespeare, puisque j'ai cette double nationalité à défaut d'en avoir l'élégance, a-t-il commenté en se penchant vers son pantalon en velours grenat et ses mocassins défraîchis, ce qui a eu pour effet de décontracter tout le monde.

L'humour anglais, bien sûr…

– J'ai 39 ans cette année, bientôt 40, et si vous me dites que je ne les fais pas, c'est deux points de plus sur votre prochaine dissertation…

Des rires ont fusé. Ça y est, la glace était rompue.

– J'arrive tout droit d'un lycée de Seine-Saint-Denis réputé difficile. Ici, mes collègues m'ont dit qu'en comparaison mon séjour allait ressembler à une villégiature, alors ne les faites pas mentir. Je compte sur votre attention appliquée tout au long des deux trimestres à venir. Ai-je besoin de vous rappeler que vous passez le bac de français, coefficient 7, à la fin de l'année ? J'imagine que non. Nous poursuivrons le programme que vous avez commencé avec Mme Langlois, et nous étudierons aussi les grands auteurs du XIXe siècle que je soumettrai à vos suffrages, le moment venu. Ça me paraît une mesure tout à fait démocratique, et Dieu sait que nous aurons l'embarras du choix.

Il s'est passé une main dans les cheveux.

– Une fois par semaine, nous ferons une incursion, voire une excursion pour certains d'entre vous, chez les poètes du XIXe aussi. Et pourquoi pas une petite virée du côté du XXe, parce que je suis très attaché à la poésie, ayant commis moi-même trois recueils chez un éditeur improbable, dont j'ai oublié le nom, grâce à Dieu.

Et là, il a souri en nous regardant tous.

– Mais rassurez-vous, je ne vous imposerai personne. Nous ferons même l'impasse sur mes chers compatriotes que sont Edgar Allan Poe, Shakespeare, Wordsworth, Byron et tant d'autres…

Il a marqué un temps d'arrêt.

– J'en vois d'ici qui opinent du chef et qui sont déjà d'accord avec moi. Je considère ça comme un bon début d'entente cordiale et de muette adhésion, j'apprécie beaucoup. Vraiment…

L'humour, toujours l'humour. Il a décidé de nous la jouer comme ça.

– Enfin, et pour finir, parce que j'aime la transparence, sachez aussi, pour ceux qui l'ignorent encore, dit-il avec une moue faussement interrogative, que je suis à la ville le compagnon de votre professeure d'éducation sportive, Mlle Marie Schmitt. Je suis donc en pleine forme physique, n'en doutez pas une seconde.

Sur ce, il s'est tâté les biceps avant de retirer sa veste et de continuer son speech.

– Sachez aussi que mon Graal, mon ambition suprême, est de vous faire découvrir le plaisir de la culture, afin que, si possible, la culture devienne à son tour votre propre plaisir…

Il a éclaté d'un rire contagieux.

– Oh, mon Dieu ! Je me mets à parler comme un politicien ! Je plaisantais, bien sûr. Ce que je veux surtout, c'est vous entendre échanger des idées, défendre des points de vue différents, et mettre en avant le plus souvent possible ce qui n'est pas inscrit au programme, mais que nous allons pratiquer comme un sport, un exercice, qui s'appelle l'art de l'éloquence. Rien à voir avec le talent du bavardage, dont je sais déjà que vous êtes totalement dépourvus…

Et il s'est arrêté là. Je ne sais plus qui a lancé la claque, mais je me souviens qu'il y a eu des applaudissements un peu timides au départ, et puis très vifs à l'arrivée. Il a levé les mains vers nous.

– Arrêtez, arrêtez, vous me faites trop d'honneur ! Alors maintenant que vous savez tout de moi ou presque, c'est vous que je veux écouter, c'est vous que je veux connaître. Je vais donc procéder à l'incontournable appel de vos noms. J'attends que vous vous présentiez à moi en un mot, en trois phrases, par des gestes de mime si ça vous chante, même par une tirade théâtrale si vous en avez envie. Nous avons tout le temps devant nous. Aujourd'hui, le cours n'est consacré qu'à ça.

Et il a commencé à nous appeler un à un. Quand il est arrivé à la lettre D, il a prononcé son nom, elle s'est levée.

– Présente, monsieur.

Je la sens détachée depuis le début, elle, si volubile et fanfaronne, semble être ailleurs.

– Je vous écoute, mademoiselle.

– Je m'appelle Jeanne Danicourt. Je suis la benjamine de la classe. J'aurai bientôt 16 ans. J'aime mon lycée, mon chien, ma maison, mes amis, j'aime la littérature bien sûr, la poésie quelquefois, enfin, rien de très original à vrai dire.

Elle s'est arrêtée un instant. Elle a parlé avec une voix de je-m'en-foutiste étudiée.

– À part ça, je n'ai rien qui me distingue de tous mes camarades, a-t-elle dit en le regardant dans les yeux.

Elle va pour se rasseoir, il lui fait signe de rester debout. Il ajuste ses lunettes et consulte la fiche qu'il a devant lui comme il l'a fait pour les autres.

En fait, il nous demande de nous présenter un peu plus intimement, mais il sait déjà tout de nos résultats scolaires. Nous ne sommes qu'une petite classe de vingt et un élèves seulement.

– Oh, mais vous êtes trop modeste, mademoiselle Danicourt. Je vois là que vous êtes première dans sept matières sur dix. Ailleurs, vous êtes deux fois seconde, et une fois troisième, pas de chance ! Qui dit mieux ? a-t-il dit sur un ton un peu moqueur en affichant un grand sourire vers la classe.

Elle lève les yeux d'un air innocent.

– Oui, c'est peut-être ça, mon handicap, monsieur, je crois que je suis sottement ambitieuse. J'apprends facilement, mais sans y prendre de réel plaisir.

Elle joue la modeste pour mieux attirer son attention, c'est fait.

– Un peu antinomique, vous ne croyez pas ? L'ambitieux est rarement un sot, excepté quand son ambition le dévore au point de lui faire perdre tout contrôle. Le Caligula d'Albert Camus par exemple. Mais vous n'êtes pas Caligula, rassurez-moi ?

– Absolument pas, monsieur, vous devez avoir raison.

Elle se rassoit dans un silence général.

Un ange passe, chargé de tous les tableaux d'honneur et félicitations qui lui ont été attribués par les conseils de classe successifs depuis qu'elle est entrée en sixième.

Il continue de la dévisager et hoche la tête un peu perplexe. Comme nous tous.

Personne n'avait jamais entendu Jeanne se dévaloriser ainsi, surtout devant un prof de français. Qu'est-ce qui lui a pris ? Ça ne lui ressemblait pas. Elle aurait pu aussi bien lui dire qu'il lui suffit de lire quatre fois une page pour la connaître par cœur.

C'eût été de la provocation, mais plus proche de la vérité, ça je l'aurais compris venant de la Jeanne Danicourt que je connais, la vraie, l'insolente.

Depuis trois mois que je la fréquente, j'ai appris à me frotter à son caractère entier, orgueilleux, colérique, heureusement ça ne dure jamais longtemps. D'un sourire, elle sait qu'elle peut tout arranger. Là elle ne me regarde même pas, elle fixe le tableau noir derrière le prof, songeuse, comme si elle regardait un paysage inconnu. Où est-elle passée ?

– Ça va, Jeanne, tu te sens bien ?

Elle tourne la tête vers moi timidement.

– Tout va bien, Mamina. Je me sens juste un peu fatiguée, t'inquiète…

Tout le monde s'est présenté. L'appel est terminé, chacun rassemble ses affaires et se prépare à s'en aller.

Frédéric Durban reprend la parole avant de nous congédier

– Merci à tous, à mardi prochain. Et n'oubliez pas d'apporter un paquet de copies. Vous me ferez plaisir en relisant un peu de Victor Hugo, je dis « un peu », car vous m'avez compris, notre année ne suffirait pas à parcourir l'œuvre entière. *God bless you*, mes amis !

Le « au revoir » en anglais, il n'a pas pu s'en empêcher.

Je suis sortie derrière Jeanne. Elle ne lui a pas jeté un regard en passant devant son bureau. Je l'ai rattrapée par le bras dans le couloir.

– Alors, tu le trouves comment ?

– Un peu théâtreux à mon goût.

– Il a dû faire de la comédie dans sa jeunesse, mais je serais curieuse de lire sa poésie.

– Alors là, je crois qu'on n'a pas fini de hanter les bouquinistes et les vide-greniers de la région, on va revenir couvertes de toiles d'araignés, je te le garantis!

Elle a éclaté de rire. Ça y est, je l'avais retrouvée.

– Tu as raison, Mamina ! Mais il est quand même un peu old school, non ?

– Oui, mais sacrément séduisant, t'avoueras !

Jeanne prend alors l'air et l'accent d'une snob versaillaise caricaturale à souhait :

– Séduisant ? Voyez-vous donc, chère amie, il faudra que j'y regarde de plus près, je n'avais pas pensé à ça !

5

Janvier 2001
La dissertation

Mamina

Et les jours ont succédé aux jours, avec leurs longs rideaux de pluie, leurs écrans de ciel bleu, leurs valises de nuages.

Il m'a semblé qu'à Versailles le temps filait moins vite que les horloges.

On est rapidement devenues des copines, Jeanne et moi, et puis des amies, et puis des confidentes, comme on peut l'être au temps de l'adolescence, l'âge où les secrets ont valeur de serment.

Elle m'a invitée chez elle, dans un hôtel particulier sublime où tout est luxe, calme et volupté – cher Baudelaire –, à peine à deux cents mètres de chez moi.

J'ai sympathisé avec sa maman, Héloïse, j'ai caressé son chien, Popeye, son père je ne l'ai croisé que deux fois. Il m'a saluée sans vraiment me voir. Il est comme le mien, un peu ici, mais tellement ailleurs.

J'ai fait sauter des crêpes avec elle dans cette cuisine immense qui n'existe que dans les pages déco des magazines pour happy few.

J'ai écouté dans sa chambre, volume à fond, les chansons d'Oasis et de Nirvana.

On s'est empiffrées de Nutella les après-midi de blues, et on a goûté ensemble notre premier verre de vodka un samedi soir où ses parents étaient sortis, et où nous étions censées résoudre un devoir de géométrie que nous avons noyé dans cette boisson glacée.

J'ai profité de la voiture avec chauffeur chaque fois qu'elle m'a téléphoné en me disant : « Je passe te prendre, Mamina, il pleut trop fort, il fait trop froid. »

« Mamina », c'est elle qui m'a trouvé ce surnom. Au début ce n'était qu'une expression en deux mots. Avec le temps, c'est devenu mon prénom à part entière, il n'y a qu'elle à m'appeler comme ça. Mamina.

Des années plus tard, certains journalistes se demanderaient d'où lui venait cette attitude de princesse désinvolte et légère, qui ne s'étonne d'aucun luxe, d'aucun pouvoir que l'argent procure, d'aucun privilège que la célébrité apporte, et j'étais tentée de leur dire : « Ce n'est pas une Cosette qui se tient devant vous, mesdames et messieurs, qu'est-ce que vous croyez ? Elle a toujours vécu dans l'opulence des fortunés, elle avait déjà tout ça, bien avant que… »

Mais je n'ai rien dévoilé d'elle, jamais, à personne. Aujourd'hui seulement.

D'ailleurs, j'anticipe, je m'égare, revenons à mes souvenirs.

Un jour, elle m'a présentée à son petit ami, son boyfriend, son premier flirt, m'a-t-elle confié.

– Oui, je sais, il est le plus beau garçon de l'école. En tout cas, il le croit, c'est l'essentiel. Il est en première C et veut devenir chirurgien, comme mon père. Il plaît beaucoup à ma famille, tu t'en doutes. À maman surtout, Ludovic *de* Gonzague, tu parles d'un nom ! Moi, je le surnomme « Ludo le prolo », parce qu'en réalité il ne rêve que de football et passe sa vie en survêt', t'as remarqué ?

Mais à toi, il te plaît ?

Elle a soupiré avant de répondre :

– Il est comme tous les autres, totalement prévisible.

– Comment ça ?

– Figure-toi qu'à la fin de la boum, samedi dernier, quand tu es partie, il a proposé de m'emmener faire l'amour.

– Et qu'est-ce que t'as répondu ?

– Mais enfin, mon petit chéri, vous n'y pensez pas quand même ! Faire l'amour comme ça, à la sauvette !

Elle a éclaté de son rire cristallin.

– Qu'est-ce qu'il croit, ce prétentieux ? OK, il embrasse bien, et alors ? Moi aussi, je suppose, c'est pas pour ça qu'on doit baiser à la fin du bal ! Et les violons, Mamina, ils sont où, les violons ?

Ainsi parlait Jeanne Danicourt en janvier 2001. Sûre d'elle, lucide, pétillante.

Ainsi critiquait-elle notre prof d'anglais, Mlle Fournier.

– Elle ne nous apprend qu'un anglais de vieille fille, Mamina, tu le sais mieux que moi, toi qui le parles couramment. Pas une seule expression idiomatique moderne, j'ai pas raison ? J'ai beau être première de la classe, je suis sûre que si demain je débarquais à Londres, je passerais pour une godiche. D'ailleurs je regrette de ne pas t'avoir proposé une escapade aux dernières vacances de la Toussaint, mais je ne te connaissais pas encore suffisamment.

– Ça m'étonnerait que nos parents acceptent de nous laisser partir un jour toutes les deux.

– Tu as raison, Mamina. À Pâques, on organise une fugue, promets-le-moi !

– Y a des moments, Jeanne, tu me fous la trouille.

– Non, c'est toi qui me fais peur. Je redoute qu'avant la fin de l'année tu me détrônes de ma première place. Oh et puis non, tu parles anglais comme une reine, mais je suis meilleure à l'écrit.

Elle s'est tournée vers moi en me faisant une grimace horrible et très réussie.

– Ce qui aurait été plus fun, c'est d'avoir Durban comme prof d'anglais…

– Impossible, il ne peut pas cumuler.

– Qu'est-ce qu'on en sait ?

Si la pimbêche tombe malade, il faudra bien la remplacer ! Et il en est tout à fait capable j'en suis sûre.

– Tiens, tiens, tu lui trouves des qualités cachées maintenant ?

– Mais enfin, il est à moitié british, qu'est-ce que tu veux de plus ?

Sa désinvolture me troublait. Jeanne était un ovni.

Elle ne ressemblait en rien aux autres filles du lycée.

Et pourtant, je ne me suis jamais sentie plus proche de quelqu'un.

6

Février 2001

Héloïse Danicourt

Les pierres de façade des immeubles versaillais emprisonnaient la tiédeur des premiers rayons de soleil du mois d'avril.

Certaines se souvenaient d'avoir connu ce roi de France qui ne doutait de rien, jusqu'à se permettre d'accoler son règne au plus prestigieux des astres, prétentieux qu'il était...

Héloïse de Prémont aurait adoré vivre dans ce XVIIe siècle fantasmé, cette particule qu'elle prononçait sans l'appuyer ne remontait qu'à la noblesse d'Empire, certes, mais qui se serait permis d'aller vérifier ? C'était une *de* Prémont pur jus. Une vraie de vraie. Fille du président de la Chambre des notaires des Yvelines, un des plus gros propriétaires fonciers du département, toute la ville pouvait en témoigner.

Dieu sait qu'elle aimait profondément et sincèrement son mari, François Danicourt, ce chirurgien du cœur si réputé, un des meilleurs d'Europe. Elle aurait évidemment préféré que Danicourt s'écrive avec un *D'* , ç'eût été été plus chic. Ou pourquoi pas « Danicourt-de Prémont ». Un peu too much peut-être et un peu humiliant aussi pour François, qui était fier de ses origines modestes.

L'aimait-il encore comme au premier jour ?

Cette question, Héloïse ne se la posait pas.

Depuis dix-sept ans, il n'y avait pas eu d'ombre au tableau. Elle avait de quoi être satisfaite. Même leur première rencontre était digne d'un scénario romantique à la française.

Un bal de promo d'étudiants en médecine, où elle accompagnait un ami d'enfance. Ce soir-là, dans sa robe Alaïa en alpaga qu'elle avait reçue pour son anniversaire, tous les regards s'étaient posés sur elle. Et tout particulièrement celui d'un garçon immense aux yeux gris-bleu, soulignés d'un franc sourire, qu'il n'avait cessé de lui adresser.

Déjà attirés comme des aimants, ils ne s'étaient pas quittés de la soirée. Il paraissait le plus âgé de la bande. Elle avait appris au fil de la conversation qu'il venait de finir sa spécialisation en cardiologie. Un « futur ponte », plaisantait un de ses camarades carabins, un « bourreau des cœurs », renchérissait un autre. Lui se laissait chambrer sans réagir. C'est cette mâle assurance qui l'avait séduite, ce calme olympien, cette bienveillance tranquille, qui sont la marque des champions, cette manière de planer modestement au-dessus de la mêlée générale.

Quelques coupes de champagne plus tard, elle enchaînait avec lui une série de rocks endiablés. Il s'avérait être un sacré danseur, elle ne l'aurait pas cru. Ravi de tenir dans ses bras une aussi jolie fille, il la faisait virevolter, jusqu'à en laisser entrevoir une audacieuse petite culotte en dentelle.

Ils ne s'étaient plus lâché la main, avant de pousser les portes d'une pizzeria ouverte tard dans la nuit, épongeant leur trop-plein d'alcool dans deux margheritas à la mozzarella.

Il lui avait demandé son âge.

– 21.

Il lui avait dit le sien, 34.

Chacun avait pensé que treize ans de différence était un chiffre porte-bonheur, mais ne se l'était pas avoué ce soir-là.

Pendant qu'ils dévoraient leur pizza, elle avait été émue d'apercevoir, sous les lumières blafardes du restaurant, quelques cheveux blancs parsemés sur ses tempes. Elle découvrirait bientôt que François Danicourt était un pur produit de la méritocratie française. Père ouvrier métallurgiste, mère caissière dans une grande surface. Il devait tout à son travail acharné, à la confiance que ses parents avaient placée en lui pendant ses années d'études, à leur sacrifice financier généreusement consenti. François ne possédait ni voiture, ni maison, ni fortune. Et alors ?

Héloïse était rentrée chez elle, la tête pleine d'étoiles. Si elle ne croyait plus au prince charmant, elle s'était dit en s'endormant qu'elle venait de croiser la route d'un jeune homme aux allures de prince, une espèce en voie de disparition.

Il lui avait fait la cour pendant plus d'un an.

Elle se souvenait qu'il travaillait énormément, et se souvenait aussi de ces rares moments passés ensemble comme d'une oasis dans le désert de leur quotidien. De son côté, elle poursuivait des études de droit pour faire plaisir à son père. Sa vocation était de devenir décoratrice d'intérieur. « Et pourquoi pas couturière ? » s'était-il exclamé, furieux.

Héloïse attendait François dans la cour de l'hôpital. François guettait Héloïse par la fenêtre de son bureau. Ils filaient alors au hasard des routes des Yvelines ou d'Eure-et-Loir, en s'arrêtant dans n'importe quelle auberge qui voulait bien d'eux pour la nuit.

Et la nuit n'était jamais assez longue.

À faire l'amour, se parler, se raconter leur enfance, leur adolescence, refaire l'amour encore, se confier, élaborer mille et un projets jusqu'à l'aube naissante dans l'attente d'un petit déjeuner réparateur, qui les remettait sur pied, avant d'aller dormir chacun chez soi, en rêvant au prochain rendez-vous.

Quelques mois et quelques corbeilles de dragées plus loin, il l'avait épousée au milieu de deux cents invités triés sur le volet, au son des valses de Strauss, dans les grands salons du Trianon, à deux pas de l'hôtel particulier qu'elle habitait avec sa famille.

La naissance de leur fille, Jeanne, l'année suivante avait été comme une étoile supplémentaire accrochée à leur bonheur conjugal. Quant à l'inauguration de la clinique Danicourt – son beau-père avait tenu à ce qu'elle s'appelle ainsi –, elle avait eu lieu deux ans plus tard et représentait la consécration ultime pour le jeune couple le plus en vue, le plus envié, le plus invité de la grande bourgeoisie versaillaise.

7

Février 2001
Apollinaire et lui seul

Mamina

Au fil des semaines, je l'ai vue changer d'attitude vis-à-vis du prof de français.

Plus enjouée pendant les cours, elle prenait la parole dès qu'elle le pouvait pour sortir une de ces citations bien placées dont elle avait le monopole. Il paraissait évident qu'elle essayait de l'impressionner à sa manière, même si elle s'en défendait farouchement.

Lui, égal à lui-même, restait placide, détaché, sans jamais entrer dans son jeu. S'il avait conscience de l'attrait qu'il exerçait sur ses élèves avec ses faux airs de Steve McQueen, il n'en laissait rien paraître.

Tout a basculé, pourtant, à partir de presque rien.

Personne ne pouvait le prévoir. Ni moi, ni personne dans la classe, ni les intéressés eux-mêmes.

Qui aurait pu imaginer qu'ils allaient se reconnaître, se séduire intellectuellement autour d'une dissertation sur un sujet de notre choix ?

Qui aurait pu penser qu'ils se rendraient à leur insu à ce qui a été peut-être leur premier rendez-vous, avec autant de témoins autour d'eux par-dessus le marché ?

Il pleuvait comme dans un roman d'Agatha Christie ou de Georges Simenon, quand on attend avec impatience le dénouement d'une intrigue, au fond d'un lit douillet ou d'une salle de classe bien chauffée.

Le prof arpentait les rangées, nos dissertations à la main. Il les distribuait en commençant par les plus mal notées, sans jamais manquer de prononcer un mot d'encouragement, n'émettant que des critiques positives à chaque copie rendue. De commentaire en commentaire, on se rapprochait de l'excellence. La pluie continuait à ruisseler sur les vitres poussiéreuses, et on l'entendait prononcer les notes, 14, 15, 16, suivies des soupirs de satisfaction des lauréats récompensés.

Pour ma part, j'avais dû me contenter d'un 13 peu glorieux. Ma dissert', intitulée « Les forêts du Liban », aurait peut-être connu un meilleur sort dans un exposé de géographie.

Avais-je été trop exotique ? M'étais-je perdue dans les méandres de souvenirs d'enfance trop personnels ? Sans doute.

Le nom de Jeanne n'avait pas encore été cité. Il ne restait plus que cinq devoirs à rendre.

Deux qui avaient obtenu un 16 sur 20, un autre, un 17, l'avant-dernier, un 18. Il était l'œuvre de Louise Troadec, la rivale de Jeanne en composition française.

Obtenir une pareille note relevait d'un exploit digne d'un record du cent mètres aux Jeux olympiques. M. Durban s'attarda longuement sur le sujet traité. Louise avait choisi de se glisser dans la peau de Sophie Trébuchet, la mère de Victor Hugo, et d'imaginer une fiction complète construite comme un scénario de film, où elle accompagnait au fil de l'histoire les ambitions et les réussites de son jeune fils au cœur du XIXe siècle.

– C'était osé, je l'avoue, de vous lancer dans ce défi, chère Louise, je vous félicite encore. Et pour ceux qui auraient la curiosité de se demander comment elle s'y est prise, eh bien, je serais tenté de dire en résumé que vous avez réécrit *Les Illusions perdues* de Balzac à l'envers ! Votre héros finit auréolé de gloire et d'honneur, nanti d'une fortune conséquente, ce qui est finalement assez proche du destin de ce grand écrivain. L'atmosphère et les caractères des personnages de l'époque sont retracés avec une fidélité remarquable, tant qu'à la fin de ma lecture il m'a semblé entendre passer un fiacre…

C'est le professeur qui parlait, mais c'est Louise qui en avait le souffle coupé, une goutte de sueur sur le front.

– Merci, monsieur, merci beaucoup, merci encore.

À cet instant, tous pensaient qu'elle était la reine du bal. Pourtant, il restait encore une copie à rendre.

Une copie qu'il tenait négligemment de la main gauche. Je me répétais en boucle, « mon Dieu, si Jeanne est arrivée en tête, quelle note a-t-elle obtenue ? ». Soudain, il s'est retourné vers elle.

– Jeanne Danicourt, puisqu'il ne reste plus que vous, permettez-moi de vous dire que j'ai longtemps hésité avant de vous mettre un 19. Oui, après de nombreux allers-retours dans ma tête, j'ai fini par me dire : « Mais, enfin, pourquoi tant de prudence... Pourquoi un 19, alors qu'elle mérite un 20 ? »

Des « wouah » d'admiration ont jailli de la classe.

– Oui, 20 sur 20, chère Jeanne. Votre texte mériterait d'être publié. Vous avez, vous aussi, pris le parti hautement audacieux de vous glisser dans la peau d'un personnage célèbre, un poète cette fois, je sais que Louise et vous ne vous êtes pas concertées, c'est donc d'autant plus troublant que vous ayez entrepris la même démarche.

Et, si vous me passez l'expression, vous avez poussé le bouchon encore plus loin en vous glissant dans la peau de Guillaume Apollinaire au moment où il commence l'écriture du poème « Zone », assis à la terrasse d'un bistrot parisien, boulevard Saint-Germain.

C'est fascinant, on est avec lui, on le regarde écrire, et le lecteur est comme penché sur son épaule. Et vous nous entraînez jusqu'à la fin du poème, le plus moderne, le plus novateur, en justifiant la poésie nouvelle de tous ces mots barbares pour l'époque que sont les automobiles, les sténodactylographes, les hangars de Port-Aviation, vous justifiez même l'insolence qu'il exprime envers le Christ quand il écrit « qui monte au ciel mieux que les aviateurs et qui détient le record du monde pour la hauteur ». C'est merveilleux d'avoir décelé tout ça.

Frédéric Durban a marqué une pause et souri à l'assistance.

– Heureux de sa trouvaille, dites-vous, Apollinaire redemande à boire du vin de Moselle, et ce verre de vin blanc, il coule dans notre gorge en même temps que dans la sienne, il nous chauffe le cerveau. Un peu plus tard, vous évoquez en quelques fulgurances les fantômes de Marie Laurencin et de Louise de Coligny-Châtillon, quand il écrit ces vers, je cite : « *Tu as souffert de l'amour à vingt et à trente ans. J'ai vécu comme un fou et j'ai perdu mon temps.* » Votre ellipse est magnifique. Tout est dit. On y croit, on est avec vous, dans sa tête et dans son cœur. Vous osez même lui faire réécrire un instant une lettre de la folle correspondance adressée à Lou, c'est magnifique d'émotion et de justesse. J'ai presque envie de vous demander pourquoi lui, pourquoi ce choix, mais je ne le ferai pas. Les passions sont inexplicables.

Juste un mot, un dernier, Jeanne. Si jamais, un jour, vous vous destiniez à l'enseignement, à celui de la poésie en particulier, croyez bien que vous y seriez tout à fait à votre place.

Un court silence.

– Mademoiselle Danicourt, dit-il en accrochant son regard au sien, et en lui tendant sa copie, je vous félicite chaleureusement, de tout cœur, vraiment.

Elle n'a pas détourné le regard, elle s'est mordu la lèvre inférieure, c'est tout.

J'ai vu le sang lui monter aux joues, les larmes lui venir aux yeux.

– Merci, monsieur, mille fois merci, ce que vous m'avez dit me touche énormément.

Mais qui était cette fille, mon Dieu ? Une autiste ? Une enfant prodige ? Comment avait-elle découvert ce poème qui n'était même pas au programme ?

Je l'ai observée, elle irradiait comme une statue d'église caressée par un projecteur. Ma voisine, ma petite sœur, mon oiseau fragile qui aurait 16 ans dans trois semaines, m'a laissée parcourir ses feuillets.

À la fin, elle avait dessiné une sorte de pont en forme de calligraphie, tirée d'un autre poème d'Apollinaire, *Le Pont Mirabeau*.

Sous Le Pont Mirabeau coule La Seine

Elle n'avait pas manqué de rajouter en bas, comme s'il flottait dans l'eau, ces trois petits mots :

« Et nos amours… »

8

Mars 2001
L'homme à la moto

La pluie tombée ces derniers jours a fini par raviner les chemins de terre qui traversaient la plaine versaillaise. Du plateau de Satory aux portes de la ville de Trappes, tout n'était que flaques d'eau et étangs miniatures, là où, quelques semaines plus tôt, on pouvait encore glaner des pains de maïs et s'émerveiller des champs de tournesols, qui s'étendaient à perte de vue.

Accrochés au guidon de leur motocross, Frédéric Durban et Paul Winslow roulaient à fond sur ces chemins boueux et glissants. Dressés au-dessus de leur machine pour mieux repérer les ornières, rétablissant avec maîtrise la direction de leur monture d'acier, ils prenaient plaisir à se provoquer dans des dérapages téméraires qui les entraînaient parfois au bord de la chute.

Enfin, ils se sont arrêtés à la lisière d'une forêt, où la végétation et les ronces ne leur permettaient pas d'aller plus loin. Essoufflés, couverts de boue, ils ont relevé la béquille de leur bécane, ôté casque, blouson et gants de cuir, avant de s'éponger le visage avec le bas de leur pull.

Ils s'étaient connus trois ans plus tôt, un dimanche après-midi, près de Mantes-la-Jolie, où ils avaient participé à un meeting d'amateurs. Ce jour-là, Paul avait remporté la compétition et Frédéric s'était approché de lui pour le féliciter. Autour de bières blondes partagées dans une guérite de fortune, ils avaient rapidement sympathisé.

Paul Winslow était un Américain à Paris, momentanément parachuté dans la capitale pour étudier la gestion de fonds de pension européens. Frédéric, lui, venait d'obtenir sa licence de lettres modernes à la Sorbonne et aspirait à devenir romancier. Paul avait été ravi de partager avec ce *Frenchie* sa passion du motocross, et quand Frédéric lui a appris qu'il était à moitié anglais par son père, ils ont commandé deux nouvelles bières pour fêter ça.

– C'était un bon entraînement, non ?

– On est presque prêts pour les championnats de France, a lancé Frédéric, en se passant une main sur le front.

– Parle pour toi ! Dans un mois, je rentre aux États-Unis. Mon futur terrain de jeu, ce sera la Bourse de New York, où je vais arbitrer la course entre Nasdaq et Dow Jones, et c'est pas gagné, *dear* !

– Oh, je te fais confiance. Mais tu vas nous manquer, mon vieux, ça, c'est sûr !

– À Marie surtout ! dit Paul en riant. Au fait, comment va-t-elle, la reine des pâtes au pistou ?

– Très bien. Et plutôt heureuse depuis que j'ai reçu mon affectation dans le même lycée qu'elle. Tu sais que j'ai eu une chance incroyable, j'avais postulé pour ça, mais l'Éducation nationale n'œuvre pas forcément pour le rapprochement des couples d'enseignants, surtout quand ils ne sont pas mariés.

– Vous y pensez ?

– On en parle, on en parle, mais on va attendre ton retour si tu acceptes d'être notre témoin !

– *Good idea, my friend, good idea !* Et toi, comment ça se passe avec tes nouveaux mangeurs d'hommes ?

Paul faisait allusion à la précédente classe de Frédéric. Il sourit en regardant son ami.

– Rien à voir, mon vieux ! Figure-toi que maintenant je donne des cours aux rejetons de la bourgeoisie versaillaise, beaucoup, beaucoup plus calmes et attentifs. Tiens, la semaine dernière, j'ai même découvert une recrue très originale qui pourrait faire le cours à ma place. Incroyable, et belle comme le jour avec ça ! Les adolescentes d'aujourd'hui, c'est quelque chose, mon camarade !

– Fais gaffe au syndrome de Pygmalion, Frédéric. On a vu des profs tomber amoureux de leurs élèves, et vice-versa.

Mal à l'aise, il lui répond :

– Possible, elle est très étonnante pour son âge, et si tu avais lu la dissert' qu'elle m'a rendue sur Apollinaire, c'est à tomber par terre, mais ça s'arrête là. Du calme.

Alors pourquoi tu ne penses qu'à elle ?

Et il poursuit :

– Ce n'est qu'une ado un peu plus mûre que les autres, qui essaie de se distinguer devant son prof. C'est pas si grave, c'est même d'une banalité tout ça…

Qui tu essaies de convaincre ?

– Méfie-toi quand même, Fred. À t'écouter, elle a visiblement un petit truc en plus qui ne te laisse peut-être pas indifférent. À moi, tu peux tout dire.

Frédéric secoue la tête en signe de dénégation, mais ça manque de conviction.

– Elle a 16 ans, à peine, et je ne suis pas un perdreau de l'année, crois-moi…

– La pensée précède toujours l'action, camarade, rétorque Paul en prenant une pose martiale. C'est un salopard de trader qui te parle… Elle est vraiment vraiment bandante ?

– Ravissante de chez ravissante.

– Alors pense à Marie quand tu penses à elle. Vigilance, vigilance, c'est la règle, parce que je te connais bien maintenant, Fred, tu es un romantique, un exalté…

– Vous, les Américains, vous imaginez toujours la vie comme dans un scénario d'Hollywood, mais je n'ai rien à craindre de ce côté-là, Paul. Tu peux me faire confiance, *trust me*, je te le dis, ce n'est qu'une gamine.

– OK, *man*, alors si ce n'est que ça, va pour la gamine !

Ils renfilent leur tenue de motard.
– On s'appelle dans la semaine, tu me promets ?
– Yes *sir*, répond-il, la main sur le cœur.

Paul démarre en trombe et sa moto projette des éclats de boue sur Frédéric. Il s'excuse d'un geste sans se retourner. Frédéric ajuste son casque et démarre à son tour. Ils ne sont bientôt plus que deux petits points filant vers l'horizon.

9

Mars 2001

Mamina

Avez-vous déjà assisté à la représentation d'un concert symphonique ?

Peu importe le choix du répertoire et du chef d'orchestre, le rituel est toujours le même.

Quelques minutes avant le début, le lourd rideau se met à frémir imperceptiblement de la présence des musiciens assis derrière. Les archets caressent avec une délicatesse infinie les cordes des violons, les violoncelles se glissent entre les jambes de leurs interprètes, et tous cherchent l'entente, l'unisson, le *la* qui leur permettra de jouer ensemble, c'est l'instant où tous s'avancent sur la pointe des notes, comme une armée qui émerge de la brume. Et quoi de mieux, pour partager cette longue traversée de l'espace et du temps, que l'*Adagio* de Samuel Barber. Six minutes trente-six d'une merveilleuse navigation. Les musiciens se rejoignent et s'attendent jusqu'à la coda du morceau, instant magique où tous se trouvent enfin, point d'orgue sublime où la musique monte au ciel toute seule. On ne peut pas jouer plus haut.

Impossible.

Je pense qu'au tout début Jeanne et Frédéric se sont cherchés inconsciemment, maladroitement, sans y croire vraiment. Peut-être parce que cela aurait été indécent, dérangeant, scandaleux. C'est sûr que, après l'exploit de la dissertation, il y avait de plus en plus de regards échangés entre eux, comme une secrète partie de ping-pong dont j'étais le seul témoin.

Les autres élèves ne se rendaient compte de rien.

Je dirais que c'est arrivé comme un incendie.

Au début, quelques brindilles grésillent, et soudain une flamme jaillit, puis une deuxième se mêle à la première, et ça devient un brasier qui va tout ravager sur son passage.

De toute manière, qu'aurais-je pu fairc ? Rien.

Et si j'en avais eu le pouvoir, aurais-je réellement souhaité intervenir ? Non.

Elle, elle s'est embrasée comme un fétu de paille sous une allumette. Dès l'instant où elle s'est sentie attirée par lui, il n'y avait plus rien à faire.

Lui, je l'ai vu se battre comme la chèvre de monsieur Seguin, avant qu'elle ne rende les armes et son âme. Il a résisté autant qu'il a pu, de semaine en semaine, de Victor Hugo en Paul Verlaine, il tentait vainement de donner le change, de se mentir à lui-même. Il s'accrochait à ses cours, autant qu'elle essayait d'accrocher son attention avec son allure particulière qui la rendait si désirable sans jamais chercher la provocation. Jean usé, sweat-shirt flottant, long manteau kaki sorti d'un surplus de l'armée. Croyez-moi, cette année-là, Jeanne donnait envie d'aimer les militaires, surtout quand elle posait les yeux sur lui.

Irrésistible.

Il aurait fallu être un sacré nageur pour regagner la rive sans se laisser emporter par cette eau turquoise, mais ce regard-là était d'un bleu si profond que l'on n'en remonte jamais.

10

Mars 2001
Chirurgien

François Danicourt

C'est vrai que je leur dois tout.

Il faut dire les choses comme elles sont, je leur dois tout.

J'y pense encore souvent quand je rentre tard dans la nuit, exténué, de la clinique. *Ma* clinique.

Enfin, pas tout à fait. Je n'y ai que des parts minoritaires, la majorité appartient à Héloïse et à mon beau-père. Je l'ai accepté, c'est comme ça.

Le « vieux » n'y était pas allé par quatre chemins. Le jour de mon mariage, il m'avait entraîné discrètement à l'écart des convives, et en rallumant son cigare, il avait été on ne peut plus direct.

– Vous comprenez, mon cher François, aujourd'hui, vous venez d'entrer dans la famille, et la famille, c'est sacré. Un grand jour, pour nous tous, sachez-le bien, mais quand on épouse une *De* Prémont, première règle :

on ne va pas travailler chez les autres. Alors, nous allons bâtir votre clinique à vous. Oui, oui, vous m'avez bien entendu. J'ai le terrain qu'il faut, le permis de construire, les architectes, le financement, vous vous en doutez, je me suis occupé de tout. Vous me connaissez, je ne laisse rien au hasard. Pour le reste, je me fie à vos compétences, tout sera fait selon vos désirs. Et ne me remerciez pas, je le veux autant pour ma fille que pour vous, parce que maintenant que je vous connais bien, je pense que vous le méritez amplement, mon garçon. Voilà, c'est dit, et on n'y reviendra pas.

Il m'a souri largement en me donnant une tape dans le dos.

– Allez, assez parlé boutique, mon cher ami, partons rejoindre les invités et trinquer à la santé de notre union. Moi, ça m'a donné soif, cette cérémonie, pas vous ?

Ça s'est passé comme ça, autant que les années ont passé, pour un peu, c'est le « vieux » qui m'a demandé en mariage !

Je me suis installé avec des mocassins tout neufs dans un confort bourgeois, où j'enchaîne opération sur opération, protocole sur protocole avec mes collaborateurs, vacances trop rares et week-ends abrégés, je néglige complètement ma vie de famille, j'en ai bien conscience.

Héloïse doit sans doute trouver que je suis moins attentionné qu'autrefois, et elle a raison.

Suis-je encore amoureux d'elle ? Oui, bien sûr, c'est ma femme.

Mais, après dix-sept ans de vie commune, nous sommes plutôt devenus d'anciens amants soudés autour de Jeanne, notre fille unique.

Jeanne, que je n'ai pas beaucoup vue grandir, c'est la vérité, mais pour qui j'éprouve une sourde tendresse, comme on dit. Il y a dans ses yeux et dans son attitude à mon égard une complicité muette qui nous lie. Peu de démonstration affective entre nous, mais qu'importe. Il n'est pas nécessaire de se sauter tous les matins dans les bras pour bien se comprendre !

Dès que je rentre de la clinique, je vais l'embrasser dans son sommeil, quelle que soit l'heure. Comme quand elle était petite. Après, il m'arrive de m'installer au salon et de me servir un fond de whisky pour me détendre. Si le temps le permet, je m'installe un transat sur la terrasse et alors je respire, bon Dieu, je respire.

Je regarde le ciel en y cherchant de trop rares étoiles et je mesure le chemin parcouru. Je souris en pensant aux symboles criants de ma réussite : cette belle maison, ma Porsche de collection enfermée dans le garage, qui me donne encore l'impression d'être un jeune homme quand je la pilote sur les routes de campagne, ma Mercedes, beaucoup plus respectable pour un chirurgien de renom, que Gilbert, notre chauffeur et gardien, conduit d'une main de maître au service de toute la famille.

Cet ancien gendarme à la retraite, engagé il y a cinq ans, est un fou d'automobiles, et de cette marque en particulier. Il en prend un soin jaloux, l'astique trois fois par semaine. C'est sa passion. Au point que je lui ai fait remarquer un jour :

– Les Porsche aussi ont besoin de caresses, quelquefois. Pensez-y, Gilbert, pensez-y.

Bref, une sorte de vie de rêve, mais une vie épuisante.

Mon sas de tendresse, ou de décompression, je l'ai trouvé auprès de Mylène, mon assistante.

Oui, je sais, c'est terriblement cliché. Les chirurgiens couchent avec leur assistante, les P. D-G avec leur secrétaire, les boulangers avec la crémière du coin, ainsi va le monde. Petite brune d'origine martiniquaise, une beauté.

Elle est presque un peu trop jeune, elle a 27 ans, toujours d'humeur joyeuse.

Je ne suis pas amoureux d'elle, non, bien sûr, c'est une relation purement physique, mais tous les hommes qui trompent leur femme tiennent le même discours, n'est-ce pas ?

C'est tellement plus facile. Et s'il y a eu un jour une ombre de sentiment entre nous, elle a aussitôt été repoussée par les urgences et l'ampleur des tâches qui m'attendent.

Le plus souvent, on se retrouve chez elle, dans son petit appartement à Vélizy. Parfois, dans mon bureau, le soir, quand la clinique se vide. Aller à l'hôtel ? L'idée est totalement exclue, elle le sait aussi bien que moi. Elle a l'air de s'accommoder de cette situation provisoire qui s'éternise, et moi, je peux me vanter d'être d'une lâcheté exemplaire, nous n'en parlons jamais.

L'important n'est pas que Mylène soit dans ma vie, l'important, c'est que personne ne le sache.

11

Mars 2001
Cheville foulée

Mamina

Un après-midi, elle est arrivée en classe avec un bandage à la cheville droite. Elle boitait en grimaçant.

– Qu'est-ce qui t'arrive, Jeanne ?
– J'ai glissé dans l'escalier de la cantine, sur une marche encore humide, c'est pas de chance, t'avoueras !
– Tu as mal ?
– Un peu, c'est lancinant par moments, mais ça va.
– Tu veux téléphoner chez toi pour qu'on vienne te chercher ?
– Non, ne t'en fais pas. J'ai une meilleure idée…

C'était une de ces journées de faux printemps, de saison en avance qui cherche d'elle-même à forcer le passage. On ne sait plus si on a chaud ou un peu froid, il y a comme une émotion qui nous étreint la gorge. Une sensation étrange. Une sorte d'euphorie mêlée de mélancolie. J'entendais les filles soupirer et les garçons s'agiter autour de moi. À la différence des autres, Jeanne a suivi le cours avec application.

Pendant la pause, elle s'est approchée du bureau de Frédéric Durban de son pas maladroit. Je la regardais de mon siège.

Elle s'est penchée vers lui, et comme dans un film muet, je cherchais à lire sur leurs lèvres. Sous cette lumière-là, ils étaient magnifiques.

Pas vraiment du noir et blanc, plutôt du sépia ou du mordoré.

À la fin du cours, elle n'a pas voulu que je l'aide à descendre les marches. C'est bon, j'avais compris.

Jeanne

Il s'est arrêté dans la rue derrière le lycée, comme il me l'avait proposé.

J'ai traîné un moment en attendant que tout le monde parte, puis j'ai repéré sa vieille Twingo bleu foncé, à l'aile arrière cabossée. Je me suis engouffrée à toute vitesse à l'intérieur. J'ai pensé à Juliette Binoche, je l'ai vue faire ça au cinéma, mais je ne me souviens plus du film.

On a roulé en silence jusqu'à mon adresse, ce n'était pas vraiment loin. Je jetais des coups d'œil furtifs vers lui, mais il restait imperturbable, indifférent. Il conduisait avec une certaine nonchalance, n'avait pas l'air pressé. Je savais que la prof de gym n'avait pas cours le vendredi après-midi. Ce jour-là, j'étais assise à sa place dans la voiture. Et j'ai eu l'impression de remporter une victoire.

Soudain, l'orage a éclaté. Un tombereau de pluie s'est abattu sur le toit, ça faisait un bruit d'enfer, j'ai dû élever la voix pour lui demander de tourner à droite, à cent mètres de la maison, dans une perpendiculaire où il a pu se garer facilement. Ici, personne ne nous verrait.

Il pleuvait si fort que les essuie-glaces avaient du mal à contenir ce déluge, il y avait de la buée partout sur le pare-brise, le dégivrage devait être en panne.

Mon Dieu, faites qu'il tourne la tête vers moi, qu'il me regarde enfin, qu'il me voie comme une jeune femme, pas comme ce petit singe savant qui se tient bien en classe. J'ai tellement pensé à lui quand la pluie me noyait le cœur de cette épouvantable solitude, j'ai tellement espéré être enfermée dans ses bras. Il faut que je profite de l'occasion. Que j'ose. Ce moment présent ne reviendra plus jamais, c'est évident.

Il a soudain coupé le moteur et s'est tourné vers moi.

– Alors, Jeanne, est-ce que ça va un peu mieux, cette cheville ?

– Ça va très bien, monsieur, regardez à quel point je guéris vite…

Je me suis penchée en avant pour défaire mon bandage sans le quitter des yeux.

Et sans me laisser le temps de réfléchir, je me suis jetée sur ses lèvres. Il a eu un léger mouvement de recul, mais j'ai glissé ma langue dans sa bouche avec toute la fougue de mes 16 ans, de mon désir, de ma passion, et nos gestes se sont enchaînés sans retenue. Il m'a serrée contre lui, m'a embrassée, encore et encore. Il tenait ma tête entre ses mains pour mieux contrôler la cadence. Ma bouche était en feu, sa barbe naissante irritait ma peau, mais chacun de ses baisers m'étourdissait de plaisir, prise dans ce tourbillon sauvage, où je l'entendais murmurer, entre nos langues mélangées :

– Non, Jeanne, il ne faut pas, on est fous, Jeanne, on est fous…

Et je lui répondais :

– Si, je te veux. Je te veux pour toujours. Tu m'entends, pour toujours !

Une dingue, j'étais comme une dingue, possédée par le désir, débordante d'audace de le savoir partagé.

Je ne sais pas combien de temps ça a duré.

Un quart d'heure, peut-être plus.

Je suis sortie de la voiture, les jambes flageolantes, les joues brûlantes, la pluie du dehors m'a fouetté le visage, et ça m'a fait du bien.

Je suis rentrée à la maison comme un zombie, j'ai traversé le hall, il n'y avait personne. Je me suis précipitée dans ma chambre, puis sous la douche, j'ai répété en boucle son numéro de téléphone pour ne jamais l'oublier.

Tout comme je savourais chaque instant de ce qui venait de se passer. Chaque seconde, chacun de ses gestes. Me délectant du goût de sa bouche, de son odeur, de la texture de sa peau. Cette peau que j'avais envie de lécher, de mordre. Et ses derniers mots, comme une promesse.

– Appelle-moi demain matin, je serai seul chez moi.

Et moi, folle que je suis, j'ai voulu veiller jusqu'à l'aube en attendant de lui parler, en imaginant les phrases que nous allions prononcer, les serments que nous allions échanger. Mais j'ai fini par tomber comme une masse.

Le lendemain matin, un rayon de soleil inondait ma chambre de sa lumière poussiéreuse. Il était 10 heures passées.

Encore engourdie de sommeil, je me suis étirée longuement en travers du lit, ronronnant de satisfaction. J'ai murmuré son prénom plusieurs fois, et j'ai tendu le bras pour empoigner le téléphone sur la table de nuit.

– Frédéric, c'est Jeanne…

12

Mars 2001
Jour de neige

Mamina

Le dimanche matin, la ville s'était réveillée brutalement sous un tapis de neige. Elle était tombée dans la nuit.

Une folie de la météo, disait-on aux informations.

Tout était cotonneux. Les toits des maisons, les arbres des jardins, et le ciel, tout avait disparu pour laisser place à des nuages de crème dans un épais silence.

Ce jour-là, j'ai attendu le début d'après-midi pour sortir. Habillée chaudement, j'ai marché jusqu'aux grilles du Trianon. Quelques rares promeneurs s'y étaient déjà aventurés, leurs chiens jappaient de plaisir en se roulant dans la neige qui s'était remise à tomber.

J'ai pensé à Beyrouth, aux trois années passées là-bas, la neige, je ne l'avais aperçue que de loin, au sommet des collines de Rabbhia. Ici, j'avais l'impression d'être dans un décor de Walt Disney, celui de *La Belle au bois dormant*.

Pourtant je me sentais mélancolique, le blues du dimanche après-midi sûrement. J'étais sans nouvelles de Jeanne depuis la veille, je m'en voulais un peu de ne pas l'avoir appelée, je n'avais pas osé.

Le froid pinçait mon nez et mes lèvres. Dans l'allée qui mène au Grand Canal, un homme et une femme marchaient un peu plus loin devant moi. Il portait une large écharpe de laine, elle était emmitouflée dans un épais manteau avec un bonnet sur la tête. Ils bavardaient en regardant leurs pieds, de la buée s'échappait de leurs bouches. Je ne les voyais que de dos, mais tout en eux respirait la complicité. Leurs mouvements, leurs éclats de rire. Quand ils se sont assis sur le banc, je les ai aperçus de profil, et j'en ai eu le souffle coupé.

Mon Dieu, c'était Jeanne et Frédéric que j'étais en train d'espionner !

Je me suis abritée derrière un arbre pour mieux les observer. Des corbeaux se sont envolés quand ils ont frappé dans leurs mains pour se réchauffer. À aucun moment, il n'y a eu de signe d'intimité entre eux. Ils ne se touchaient pas, ne s'embrassaient pas. On aurait dit un père avec sa fille.

Mais quand même, quelle imprudence, quelle folie ! Quelqu'un du lycée aurait pu les voir et se demander s'ils s'étaient croisés par hasard ou donné rendez-vous.

C'était le surlendemain de la « cheville foulée ». Leur relation avait-elle déjà évolué vers quelque chose de plus tendre ? Ou peut-être que rien n'avait encore commencé…

Je brûlais d'envie de les suivre.

Patience, patience, lundi matin, je saurais tout.

13

Mars 2001
Et maintenant

Frédéric

Je suis là, assis chez moi, un dimanche en fin d'après-midi, devant toutes ces copies à corriger, et je n'y arrive pas.

Une heure déjà que je suis rentré de mon rendez-vous avec Jeanne. Une heure déjà que j'écoute les *Variations Goldberg* par Glenn Gould, du Jean-Sébastien Bach qui dégouline de la chaîne stéréo comme un robinet mal fermé.

Jean-Sébastien, maître de chapelle à Aix, penché sur son orgue d'église du matin jusqu'au soir, époux de Maria-Magdalena, huit enfants au tableau, fidèle jusqu'au bout de sa vie, un exemple, le contraire de moi.

Complètement disjoncté depuis vendredi soir, la tête ailleurs, essayant de me concentrer sur mes corrections, j'ai fumé combien de Craven A ? Une dizaine peut-être.

J'ai à peine déjeuné, deux pommes et un litre de thé rouge, je n'ai même pas écouté les infos.

Je me lève pour changer de disque. Je choisis finalement un vieil album de Simon and Garfunkel, *Scarborough Fair*, *Bridge over Troubled Water*. J'écoutais ça quand j'étais étudiant, un petit flashback nostalgique.

Elle est passée où, ma jeunesse ?

J'aurai 40 ans en septembre, c'est quand même pas si vieux ?

Ai-je donc déjà tout oublié ?

Il a fallu que je retrouve mes 17 ans sur les lèvres d'une jeune fille pour m'en souvenir, il a fallu des baisers affolants, une promenade dans un parc enneigé, des promesses insensées que je lui ai faites, emporté par mon inconscience.

Suis-je en train de perdre la boule ?

Paul Winslow a raison, je suis un foutraque romantique, une montgolfière échappée dans le ciel qui ne sait plus comment redescendre.

Ai-je envie de la revoir ? Je n'ai envie que de ça.

Ai-je envie de l'aimer ? Je l'aime déjà.

Mes mains tremblent à l'idée de se poser sur son corps, de l'embrasser de nouveau. Tout me plaît en elle, absolument tout, et pourtant je la connais à peine.

Il faut que je me raisonne, que je me domine, que je souffle un peu. Je me lève pour prendre une bouteille d'eau dans le frigo, je m'en verse un peu dans la paume droite, me frictionne le visage comme pour effacer les traces de ma peau d'avant Jeanne.

Comment je vais faire avec Marie ?

Comment lui avouer l'inavouable, une fille de 16 ans, une de mes élèves ?

Ce week-end, je m'en suis bien sorti en prétextant tout ce travail qui m'attendait et qui m'attend toujours d'ailleurs, mais plus tard comment je vais faire ? Les autres soirs, et tous les autres jours ? Tous ces moments de libres que je veux vivre avec Jeanne, comment gérer cette putain de situation ?

Comment font les criminels ?

Il va falloir se cacher pour nous retrouver, se cacher de Marie, de la famille de Jeanne, de ses parents, de nos amis respectifs, du monde autour de nous.

Comment leur échapper ?

J'ai la tête qui explose, il faut que je me reprenne.

Absolument, il faut que je trouve des stratagèmes, que j'organise tout, méthodiquement, froidement, maintenant que je vais passer dans la clandestinité. Je vais tout écrire sur une feuille blanche, colonne de droite, colonne de gauche, à faire et à ne pas faire, il faut que je planifie nos vies, après tout, c'est moi l'adulte, non ?

D'abord, me détendre. Elle est où, ma bouteille de Cutty Sark ? Je vais imaginer cette histoire comme un synopsis de roman.

Un plan détaillé. Organisé.

Après ça, je vais me coucher tôt. Je mettrai mon réveil à 5 heures et je finirai mes corrections demain matin avec les idées claires. Oui, c'est la meilleure solution. Demain est un autre jour parce que, ce soir, je t'aime, Jeanne, je t'aime éperdument.

Like a bridge over troubled water, I will lay me down

14

Avril 2001
Les cloches de Pâques

Mamina

C'est Jeanne qui m'a téléphoné dimanche soir, un peu avant l'heure du dîner, elle n'est pas restée longtemps en ligne.

Elle m'a donné rendez-vous devant le tabac du boulevard de la Reine à 8 heures du matin. Elle est arrivée un peu en retard, les yeux brillants, et le souffle court.

Elle m'a tout raconté sur le trajet du lycée – la scène dans la voiture, sa nuit blanche, son coup de fil du lendemain, les retrouvailles dans le parc du château. Les séquences défilaient en accéléré. Elle avait la voix un peu rauque et se grattait régulièrement la gorge en parlant.

– Il avait neigé, c'était sublime de beauté, Mamina. Voilà, tu sais tout maintenant. J'ai son numéro de téléphone, son adresse, demain j'aurai les clés de chez lui, enfin, j'espère. Ça va être génial, même si je devrai me méfier de la gardienne et des voisins, bien sûr. Il ne faudra pas non plus qu'on me croise trop souvent dans l'immeuble, je sais. Remarque, je pourrai toujours dire que je viens prendre un cours particulier.

Elle a laissé sa phrase en suspens.

– En fait, il vaudrait mieux que je n'adresse la parole à personne. Tu es d'accord, non ? Je suis raide dingue amoureuse, Mamina. Et je crois que je vais beaucoup m'amuser à ce jeu de cache-cache avec le reste du monde, je vais même adorer ça.

Que lui répondre ?

Elle a changé de vie, de planète, d'univers, l'espace d'un week-end. C'est comme dans un film, je n'arrive pas encore à y croire. J'essaie de changer de conversation.

– Et pour les vacances de Pâques, tu as prévu quelque chose ? C'est dans deux semaines…

– Plus de vacances de Pâques, plus de Courchevel. Je reste ici. On va essayer de se voir le plus souvent possible. On en a beaucoup parlé dimanche.

– Vous vous êtes embrassés vendredi soir, et en quarante-huit heures, tu échafaudes déjà un avenir avec lui ? Plus de Londres non plus, alors ?

– *On* n'échafaude pas, Mamina, *on* est ensemble maintenant.

– Mais enfin, Jeanne, il a sa vie. Il ne quittera pas sa femme après trois jours d'une histoire qui commence à peine ! Tu délires !

Elle fronce les sourcils, contrariée.

Elle ne supporte pas qu'on lui résiste.

– Il *avait* une vie avec elle, il *avait*, il faudra bientôt en parler à l'imparfait, Mamina.

On arrive devant la grille du lycée.

Jeanne me fait peur, elle est trop exaltée, j'en ai des frissons dans le dos. Et le vent glacial n'y est pour rien.

Bon, je résume dans ma tête.

Elle va échapper aux sports d'hiver, elle va rester à Versailles, prétextant que le bac de français arrive à grands pas, qu'elle a besoin de réviser encore et encore. Tu parles…

Sa mère va forcément insister pour l'emmener avec elle, soutenant que l'air de la montagne lui ferait le plus grand bien, et puis elle se félicitera d'avoir une fille aussi impliquée dans ses études…

Quant à Jeanne, elle m'a confié qu'ils vont se retrouver autant que possible, chez lui de préférence, mais aussi dans les bois de Fausses-Reposes, juste au-dessus de Versailles, où l'on ne croise jamais grand monde. Ça promet !

Cette année-là, tout le monde s'est réjoui d'entendre le carillon des cloches de Pâques au-dessus des toits de la ville.

De clocher en clocher, il résonnait sur le parvis des églises, annonciateur de bonheur, de joie, de quiétude, alors que, dans mes oreilles comme dans mon cœur, il m'a semblé entendre sonner le tocsin.

15

Avril 2001
La moustiquaire

Jeanne

Longtemps, longtemps nous nous sommes embrassés. Comme des collégiens affolés, dans la pénombre d'un couloir, dans le renfoncement d'une salle de classe, dans le parking souterrain réservé aux professeurs, à l'avant de sa voiture, là où nous l'avions fait la première fois, avec toujours la crainte de nous faire surprendre.

Longtemps, longtemps il m'a caressée, appuyés à un arbre de la forêt près de Versailles, dissimulés par les feuilles naissantes du printemps qui venait.

Longtemps, longtemps je suis restée entre ses doigts, le souffle court, à sentir monter mon plaisir, frustrée de ne pas m'y abandonner vraiment.

Et puis il y a eu le jour tant attendu, enfin.

C'était un mercredi après-midi chez lui, nous n'avions encore jamais pris le risque de nous y retrouver, Marie, qui possédait le double des clés, aurait pu entrer à tout moment. Elle était partie la veille à Angers, rendre visite à sa mère. Nous avons bondi sur l'occasion comme deux voleurs en alerte, sans éprouver la moindre culpabilité.

J'ai prétexté un exposé à préparer avec Mamina.

J'ai sauté dans un taxi en début d'après-midi. Je suis arrivée, le cœur battant, devant un immeuble sans grâce de la ville de Vaucresson, à l'adresse qu'il m'avait donnée. J'ai traversé deux cours assez insignifiantes, avant de me retrouver devant une sorte d'appentis à la toiture plate. J'ai sonné, j'ai entendu son pas. Il m'a ouvert.

Il m'a embrassée longuement, très longuement.

Cette scène, je me l'étais imaginée et repassée dans le taxi, mais c'était encore mieux que tout ce que je croyais. J'en ai eu le vertige, je me suis assise sur le premier siège à ma portée, un vieux fauteuil en cuir défoncé. J'ai contemplé mon amoureux dans son repaire.

– Alors, c'est ici que tu vis ?

– Entre autres, oui.

Bien sûr, il avait un autre endroit où dormir. Chez Marie. C'était honnête de me le rappeler, mais ça m'a fait mal sur le moment. Je ne sais pas s'il l'a senti, parce qu'il a aussitôt ajouté en s'approchant de moi et en appuyant un doigt sur mon front :

– En fait, j'espère surtout vivre ici, et que tu me fasses une place dans mon bocal préféré !

– Ah oui, tu te prends pour un poisson rouge maintenant ?

– Pourquoi pas, c'est sympa, un poisson rouge, ça vit toujours au même endroit et ça n'a aucune notion du temps qui passe.

– OK, j'aime bien l'idée, comme celle qu'entre nous le temps n'existe pas.

J'ai dit ça avec un sourire espiègle, enfin, je m'y suis efforcée.

– Alors, laisse-moi regarder ton univers, cher poisson rouge !

Je me suis reculée vers la porte pour mieux voir l'ensemble.

– C'est ce qu'on appelle un loft, c'est bien ça ?

– Oui, enfin, je dirais plutôt une grande pièce à vivre, deux fenêtres sur cour, un puits de lumière venant du toit grâce aux carreaux de verre dépoli, une cuisine-bureau-salle à manger tout-en-un, et puis une douche et des toilettes dans ce couloir là-bas, au fond, à gauche. C'est le minimum syndical.

– Dommage qu'il n'y ait pas de roues sous le plancher, on aurait pu partir en voyage !

– À peine arrivée, et tu penses déjà à repartir ?

– Pourquoi pas ? Cette pièce peut facilement s'accrocher à l'arrière d'une voiture, comme une caravane !

Je me suis approchée du lit à baldaquin au fond de la pièce.

Il était curieusement entouré d'une moustiquaire accrochée au plafond.

– C'est quoi, ce truc-là ? Une moustiquaire ?
– Bien vu, je suis allergique à ces bestioles.
– Et tu la gardes toute l'année, même en hiver ?
– Affirmatif, elle me protège tout le temps.

J'en écarquillais les yeux.

Sur la gauche du lit, des rayonnages de livres, de disques, de bibelots, de photos placées n'importe comment, et tout en bas, une platine avec deux grosses enceintes JBL. Frédéric est un fou de musique, il me l'avait déjà dit.

– Tu ne veux pas quitter ton manteau ?

J'ai sorti les mains de mes poches.

– Tu as fini ton inspection ?

– Oui. Et je veux tout connaître de toi. Absolument tout. Ça ne fait que commencer. Aide-moi à retirer ça, et profites-en pour m'embrasser encore.

Il s'est approché de moi et ce baiser a été encore meilleur que le premier.

– Je peux quitter mes chaussures, aussi ?
– Bien sûr !
– Et je peux marcher pieds nus, tu crois ?

Il a acquiescé, amusé, j'ai retiré mes bottines et mes chaussettes. Je me suis approchée de la moustiquaire, j'ai défait les petits cordons de ficelle qui la maintenaient fermée, je me suis allongée sur le lit en faisant glisser mon sweat-shirt et mon jean. C'est bien moi qui l'ai appelé.

Et comme j'en avais tellement tellement rêvé, il est venu me rejoindre.

16

Avril 2001
Mon héroïne

Frédéric

À partir de ce jour-là, il a fallu tricher.

Il a fallu mentir.

Il a fallu dissimuler.

Fuir nos regards pendant les heures de cours. Ça, c'était plutôt facile. On s'y est rapidement habitués, par instinct autant que par réflexe. Il a fallu se voir en cachette, et chaque minute partagée était un plaisir autant qu'une souffrance.

J'aurais dû pouvoir mieux contrôler la situation. Oui, j'aurais dû. Je ne me cherche pas d'excuses, je ne m'en suis jamais cherché.

Désormais, les yeux de Marie posés sur moi me font honte.

Je donne le change autant que possible, et quand je n'arrive plus à faire l'amour avec elle, c'est elle qui me rassure : « Ce n'est pas grave, c'est passager, ça arrive, ça reviendra… » Je suis lâche, incapable de lui avouer la vérité. Sa bienveillance me désespère, et chaque heure passée auprès d'elle m'en éloigne un peu plus.

Comment lui dire un truc pareil ?

Mais, dès l'instant où Jeanne a posé ses lèvres sur moi, j'ai été un homme perdu pour la société des hommes.

Irrécupérable.

Il aurait fallu ne jamais avoir goûté à sa bouche, ne jamais avoir glissé ma main dans ses cheveux, ne jamais avoir entendu le souffle de sa voix à mon oreille, ne jamais l'avoir vue nue, ne jamais avoir caressé sa peau, ses seins, ses jambes, n'avoir jamais léché son sexe ni mordu le parfum de son corps.

Il aurait fallu m'enfuir, je sais, mais j'en étais incapable. Je recherchais ce vertige.

A-t-elle su à quel point j'étais dépendant d'elle ?

Plus rien n'avait d'attrait pour moi, ni les livres, ni la musique, ni mon travail. Rien.

Ni les arbres en forêt, ni les rues de la ville, ni l'alcool, ni le tabac, ni la vie, tout simplement. J'étais comme une machine mise sur pause, qui ne se remettait en marche qu'en respirant sa chaleur.

Oui, j'étais envoûté. Vous l'auriez tous été à ma place. Aucun exorciste du diocèse n'aurait rien pu faire pour moi. Et c'est tant mieux.

Cette passion-là n'a aucun sens pour la raison, la médecine, la loi ou la science. Il n'y a rien à juger ni à comprendre. Aucun vaccin ne protège de cette douce maladie. Aucun médicament n'en guérit. Le seul traitement reconnu se trouve au cœur du corps de l'être aimé, dans l'attente de le revoir, dans le désir de s'y noyer.

Nos séparations me rendaient fébrile, l'idée de la perdre m'était insupportable. C'était une drogue dure dont je guettais, comme un junkie, ma dose quotidienne, tellement le manque m'était douloureux.

On dit que l'héroïne procure cet effet-là. Je ne sais pas, je n'y ai jamais goûté. Pas besoin.

Je l'avais déjà dans le sang, mon héroïne.

17

Avril 2001
Le rendez-vous d'Héloïse

Perdue dans ses pensées, Héloïse avance sur le boulevard de la Reine. La vitrine d'une maroquinerie lui renvoie la silhouette d'une femme de 38 ans, à qui on en donnerait 32.

Quand on lui fait remarquer qu'elle a un petit quelque chose de Nicole Kidman, Héloïse prend l'air modeste de celle qui sait ce qu'il faut de surveillance de soi pour ne pas prendre de poids. Entre autres, un rythme de marche soutenu en serrant bien les fesses, ça entretient la forme et les formes, elle le répète souvent à Jeanne, qui fait ce trajet deux fois par jour, sauf par grand froid ou quand il pleut à verse. Dans ce cas-là, c'est Gilbert qui la dépose en voiture, ou qui va l'attendre à la sortie du lycée.

Jeanne, avec ses horribles sacs à dos. Quelle horreur ! Avec ça, tous les adolescents ont l'air de campeurs, c'est affreux !

Elle a réussi à lui imposer le cartable jusqu'en troisième, mais, depuis la seconde, elle s'est entichée de ce fourre-tout immonde. Elle en possède trois, et c'est un concours à celui qui sera le plus laid, jaune citron, rouge écarlate et vert fluo.

La cantine aussi, il a fallu s'y résoudre. Plus question de rentrer à la maison pour le déjeuner que Maria, la gouvernante, lui préparait avec attention. Elle préfère manger n'importe quoi avec sa bande de lycéens échevelés.

Héloïse a cédé sur tout, parce que, en dehors de ces détails et de son extravagance vestimentaire – bandana dans les cheveux, jean troué et manteau informe –, Jeanne lui donne toute satisfaction dans ses études. Quand elle n'arrive pas première dans une matière, c'est qu'elle est seconde. Elle ne doute pas qu'elle obtiendra son bac de français haut la main. On peut espérer qu'elle sera bachelière à 17 ans avec mention « très bien » comme son père.

Le vent se lève sur le boulevard, et Héloïse ramène ses cheveux en arrière d'un mouvement de main désinvolte. Elle sourit en pensant qu'elle a souvent vu Jeanne faire le même geste. Elles ont une véritable complicité mère-fille. Elle sourit en repensant au petit déjeuner et au fou rire qu'elles ont eu toutes les deux lorsqu'elles ont évoqué le nom des actrices de cinéma qui prétendaient n'avoir jamais eu recours à la chirurgie esthétique.

– Dommage qu'il n'existe pas un bal des faux-culs, elles auraient toutes été invitées ! a dit Jeanne.

– Impossible, ma chérie, a renchéri Héloïse, c'est une partie du corps trop difficile à opérer !

Et elles ont pouffé comme des gamines, Jeanne l'a embrassée avant de partir au lycée comme elle l'aurait fait avec une copine.

Jeanne, à qui elle a pourtant caché ce rendez-vous qui l'attend, et qui la concerne au premier chef.

Il est 10 heures au clocher de l'église Sainte-Madeleine quand Héloïse franchit la lourde grille de l'enceinte du lycée Jean-Baptiste-Say. Avec la sensation de trahir sa fille. Un sentiment de culpabilité l'étreint. Elle va se retrouver à quelques mètres de Jeanne, sans que celle-ci en sache rien. Parce qu'au fond, ce trafic de drogue présumé dans l'établissement, il concerne d'abord et surtout les élèves, non ?

Alors pourquoi n'en a-t-elle pas parlé avec Jeanne, ce matin ?

18

Avril 2001
La Passion selon sainte Jeanne

Jeanne rêve.

Un stylo à la bouche, les yeux tournés vers la fenêtre, Jeanne s'enfuit. Elle s'envole. Le professeur d'histoire au tableau évoque Rosa Luxemburg, la Commune, Adolphe Thiers.

Elle s'en fout. Jeanne entend, mais n'écoute pas.

Jeanne est ailleurs.

Elle traverse la banlieue à l'arrière d'une moto. Elle entoure l'homme de ses bras, ses cheveux flottent au vent sous le casque, elle se sent anonyme et protégée par cette coque en plastique, comme les deux musiciens de Daft Punk, dont on ne connaît pas le visage. La rumeur dit qu'ils seraient versaillais eux aussi. Jeanne appuie sa tête contre son dos et ne connaît pas de plus jolie musique que le concert de ce moteur, elle sait où ce cheval fou l'emporte.

Jeanne rêve.

Allongée sur un lit quelque part dans la ville.

Elle a vite appris les gestes, instinctivement. Il a été si doux... Elle s'est étonnée de son propre désir, et son cœur s'emballe chaque fois qu'elle pense à ça. L'amour. L'amour qu'elle avait imaginé sans deviner les effets ni le bouleversement qu'il provoquerait en elle.

Maintenant elle sait.

Elle qui pensait tout contrôler de ses pulsions intimes, ne contrôle plus rien, elle a franchi la barrière de corail, elle nage en haute mer, ne peut faire appel à personne pour regagner le rivage, d'ailleurs elle n'en a aucune envie. Cette sensation nouvelle de noyade vaut tous les romans qu'elle a lus, tous les films qu'elle a aimés, toutes les chansons fredonnées.

Ce feu a tout dévoré.

Elle a changé.

Elle qui était si bonne élève, se moque désormais de ses cours. Elle qui n'avait pas particulièrement pratiqué le mensonge, en a désormais fait un art. Rouée, dissimulatrice. Elle n'est plus la même, et pourtant ses parents, ses proches, ne devinent rien sous son air candide, dont elle peut mesurer l'efficacité chaque fois qu'elle croise le regard des autres. Elle se sent comme une étrangère au milieu des autres élèves. Ils ne sont que des figurants, des marionnettes d'un théâtre à ciel ouvert. Ils n'ont aucune idée de ce qui se joue juste à côté d'eux, presque sous leur nez. Seule Mamina est vivante. Elle est au courant de tout, elle la comprend, et si parfois elle la regarde avec inquiétude, Jeanne sait qu'elle ne trahira jamais sa confiance.

Mamina ne dévoilera jamais rien, jamais.

Mamina est une tombe.

19

Avril 2001
La voix du peuple

– Qui aurait pu imaginer ça ? En 2001, à l'aube du troisième millénaire ! Mais où va le monde ? Qui mettra fin à ces perversions diaboliques qui menacent nos enfants jusque dans les cours de récréation ? Pourquoi pas au catéchisme ou pendant les retraites de communion solennelle, tant qu'on y est ? Combien de temps encore faudra-t-il supporter cette situation sans broncher ? Et puis, je vais vous dire, monsieur le proviseur, la gauche et la droite main dans la main, tous les mêmes ! Une bande d'incapables ! Si ça ne tenait qu'à moi, je ferais fouiller les élèves un par un, parce que vous n'allez pas me dire, le hasch, le cannabis, la blanche, ça ne leur tombe pas du ciel ! Il faut bien que quelqu'un l'achemine. Rien que de penser à des complicités intérieures, j'en suis malade. À qui faire confiance aujourd' hui ? Si ça se trouve, il y a des doses planquées dans les bureaux des élèves, dans les placards des salles de classe, dans les vestiaires du gymnase…

– Des chiens de la lutte antidrogue, ici ? Mais comment voulez-vous que je les fasse entrer ?

– Ce n'est pas pire que dans les gares et les aéroports ! Quand on n'a rien à se reprocher, on accepte d'être fouillé, non ? Où est le mal ? Après, on s'étonne de se retrouver avec le terrorisme et les attentats sanglants au coin de la rue !

Héloïse se dit que cette pauvre femme déraille complètement.

– La drogue, je vous le dis, est une atteinte à la vie de nos enfants, une tentative d'homicide volontaire ! Parfaitement ! Et je pèse mes mots ! Quand aura-t-on enfin le courage de le dire ? De le crier dans les médias ?

Pour cette réunion informelle, des bureaux ont été disposés en carré, afin que les parents puissent échanger face à face. Mais personne d'autre ne parle.

– Regardons-nous dans la glace une fois pour toutes, aboie la même mère de famille. S'il n'y avait pas eu Mme Dalambert ici présente, qui a su faire parler son fils Romain de 14 ans, on en serait où, aujourd' hui ? Nulle part ! Bien sûr qu'il a tout balancé, le môme ! Qu'il a donné les noms d'une partie du réseau, et comment ! Il était temps ! Moi, je donnerais une prime à tous ceux qui balancent les dealers. Ils donnent bien un bakchich à ceux qui surveillent l'arrivée de la police à l'entrée des cités ! On va se gêner, tiens ! Il ne manquerait plus que ça ! On ne va quand même pas s'excuser de protéger nos gamins, si ?

Enfin sa diatribe s'est arrêtée.

Et comme à la fin d'un concert de musique classique, un long silence a envahi l'assistance de cette salle de classe désaffectée, les participants se sont observés les uns les autres, un peu gênés, un peu surpris par ce virulent réquisitoire. Héloïse, elle, a intérieurement poussé un soupir de soulagement. D'ailleurs, elle se demande ce qu'elle fait là. Ce n'est pas sa Jeanne qui risque quoi que ce soit.

Tout à coup, tous ont réagi ensemble. Une cacophonie spontanée. En moins de deux minutes, impossible de s'entendre parler. Le proviseur s'est empressé d'y remettre bon ordre, en réclamant le silence d'une voix puissante, avant de donner la parole à un parent d'élève, qui suggérait, lui, de privilégier un dialogue sans tabou avec leurs adolescents. Hochement de tête affirmatif du jeune policier en civil à la présence discrète, approbation muette de l'assistante sociale et du représentant de la mairie, lui aussi convoqué en catimini.

Un père a pris la parole pour affirmer qu'il ne voyait aucun mal à ce que tous interviennent directement pour surveiller leurs enfants, et que la fouille systématique de leurs effets personnels paraissait un moyen efficace de les confondre ou de les disculper.

– Commençons par balayer devant nos portes. S'il y a des coupables, il est urgent de les démasquer, il y va de notre responsabilité de parents.

D'autres suggestions, d'autres prises de position multiples ont été énoncées avant le départ d'Héloïse, qui s'est éclipsée sur la pointe des pieds.

20

Avril 2001
Faire ou ne pas faire

L'air frais lui fait du bien.

Héloïse a été horrifiée par le discours de cette femme qui s'en prenait pêle-mêle à la police, au gouvernement, aux autorités religieuses.

Dans quel monde vit-on aujourd'hui ? Pas le sien, assurément.

Elle n'en pouvait plus de l'atmosphère oppressante de cette salle de classe fétide, et n'aspirait qu'à retrouver son jardin avec ses rosiers, ses hortensias et son chien Popeye, qui ne manquerait pas de lui faire la fête à son retour. Tout comme elle allait retrouver Gilbert et Maria, toujours prêts à satisfaire le moindre de ses désirs, comme son François amoureux, et sa fille Jeanne, au-dessus de tout soupçon, retrouver la vraie vie ! La sienne. Mon Dieu, ces gens !

Elle parlerait à Jeanne dès ce soir. Elle s'en voulait suffisamment de lui avoir caché cette conspiration d'inquisiteurs. Sa fille Jeanne, une droguée ? N'importe quoi ! Elle n'avait rien à craindre, elle était à l'abri de tout ça, Dieu merci ! Pourtant, elle repense à l'homme qui a évoqué une surveillance vigilante. Elle se dit qu'il n'a pas tort, même s'il ne s'agit que de rester attentif. Elle pourrait fouiller la chambre de Jeanne, mais elle n'a aucun doute. Non, Jeanne n'est en rien concernée par la drogue. Mais le doute, insidieux, s'est faufilé dans son esprit. Et si jamais… ?

Ça la turlupine, ça lui met «l'araignée au plafond», comme disait sa grand-mère.

Fouiller dans les affaires de sa fille ? Et puis quoi encore ! Jamais elle n'aurait imaginé faire ça la veille. Mais, là, elle y pense de plus en plus. Et si elle téléphonait à François pour lui demander son avis ? Non, ce serait trop long à expliquer, il n'aurait pas le temps de comprendre. Elle lui parlera quand il rentrera de la clinique. Ou une autre fois, elle verra bien. Pour l'instant, seule avec sa conscience, elle est face à un choix shakespearien, faire ou ne pas faire. Elle s'en pince les lèvres.

Héloïse a déjeuné léger.

Un avocat à l'huile d'olive, trois feuilles de salade et deux yaourts à 0 % de matière grasse. Elle se surveille tout le temps, manger seule l'ennuie, sans compter que cette contrariété lui reste sur l'estomac. Autant s'en libérer tout de suite.

Pour ne pas être importunée, elle a confié une tonne de repassage à Maria, quant à Gilbert, lui, il est occupé à bricoler dans le garage. Tout va bien.

Son portable mis sur vibreur, ses cheveux ramassés en queue-de-cheval, elle gravit à pas de loup l'escalier. Elle se sent un peu idiote, d'autant que personne ne peut la voir. Le poids de la culpabilité sans doute… Qui devient franchement pesant devant la porte de la chambre de sa fille. Elle se retient de frapper avant d'entrer. Fichu réflexe, non ? Elle se sent ridicule, et beaucoup trop nerveuse. Elle inspire, expire, se calme peu à peu. De quoi a-t-elle peur au juste ?

Elle pourrait faire demi-tour, redescendre dans la cuisine et se préparer une tasse de thé.

Elle pourrait aller bouquiner dans la bibliothèque.

Elle pourrait prendre le temps d'y réfléchir. Elle pourrait…

Elle pourrait faire n'importe quoi d'autre.

Et pourtant, elle appuie sur la poignée de la porte, et dans un souffle maîtrisé, elle pénètre dans la chambre de Jeanne.

21

Avril 2001
Belle-maman

Frédéric

Quand elle est entrée dans la salle de classe, je n'ai pas tout de suite fait le rapprochement.

Normal, je ne l'avais jamais vue.

C'est seulement quand elle a prononcé son nom que j'ai reçu une décharge électrique. Je l'ai observée à la dérobée, et j'ai arrêté de prendre des notes. J'ai scruté ses ressemblances avec Jeanne, ses cheveux peut-être, la forme du visage aussi, et cette manière de se tenir naturellement droite sur sa chaise. Je l'ai trouvée jolie, très jolie même. J'étais idiot de m'en étonner, après tout, c'était la mère de Jeanne qui me faisait face, où avais-je la tête ? Ailleurs, sûrement. Quelqu'un s'est-il rendu compte que mon esprit vagabondait au loin, et que j'avais décroché de la réunion ? Pas elle en tout cas. Elle paraissait indifférente aux interventions des uns et des autres et semblait clairement se demander ce qu'elle était venue faire ici.

Elle n'a pas pris la parole. Moi non plus, j'avais la gorge sèche.

En quoi pouvait-elle être concernée par cette histoire de drogue introduite dans le lycée ? Pour se sentir comme les autres ? On sentait bien qu'elle n'était pas le moins du monde inquiète. Avait-elle autrefois fumé un petit joint ? Franchement, elle n'avait pas le profil. Elle avait peur pour Jeanne ?

À la simple évocation de son prénom, je me suis senti coupable. Je me suis tassé sur ma chaise, la tête rentrée dans les épaules. Si cette femme savait quel lien j'ai avec sa fille, elle voudrait m'arracher les yeux.

Avais-je l'image du prof séducteur d'élèves ?

Finalement elle s'est discrètement levée pour s'éclipser. Je m'entendais déjà dire à Jeanne :

« Devine qui j'ai croisé ce matin ? »

22

Avril 2001
Mme Colombo

Héloïse

J'ai commencé par les placards de sa salle de bains en ayant l'impression d'être l'enquêtrice dans un film policier.

Rien parmi les produits de maquillage, les flacons de bain moussant, les vernis à ongles, les démêlants pour cheveux. Rien. J'ai continué par les tiroirs de son bureau en prenant soin de remettre chaque chose à sa place.

Rien là non plus.

J'ai soulevé le matelas, vérifié sous le traversin et les oreillers. J'ai fait défiler ses vêtements dans la penderie, inspecté les poches de ses manteaux et de ses blousons, j'ai ouvert ses sacs à main, plongé mes doigts dans ses paires d'escarpins, bottes et baskets.

Rien, absolument rien.

J'ai retiré un par un les livres de sa bibliothèque. En tombant sur les albums photo, je me suis assise sur le lit et je les ai feuilletés avec nostalgie. Les souvenirs ont défilé dans ma tête. La Baule, Courchevel, Marrakech, à chaque page le visage de Jeanne. Jeanne, ma petite fille chérie. Je les ai vite remis à leur place.

Pas la moindre présence de shit, d'herbe, ou de cocaïne. J'avais perdu mon temps.

C'est en finissant de ranger ses bouquins que je suis tombée dessus. Un cahier rouge. Une étiquette discrète. « Correspondance ». Y avait-elle rangé des lettres ? Était-ce un journal intime ? Je l'ai ouvert par curiosité.

Sur chaque page, une date.

Au début je l'ai parcouru en diagonale. Des anecdotes de lycée, des prénoms de copines, parfois de copains, celui de Ludovic, son petit ami, puis quelques pages plus loin, tout s'arrêtait. Une page blanche, avec « LUI » écrit au milieu, au feutre bleu et en majuscules. De qui s'agissait-il ? Je me suis assise à son bureau pour continuer ma lecture, et là j'ai cru défaillir.

Elle décrivait comment elle l'avait attiré à elle, comment elle l'avait séduit, où ils avaient fait l'amour la première fois. Elle dévoilait tous les stratagèmes qu'ils avaient mis au point pour se retrouver en cachette, elle évoquait avec passion les moments passés ensemble, mentionnait leurs étreintes dans les moindres détails. Je suffoquais à la lecture de cette relation qui les dévorait. Lui, son professeur de français !

Durban, arrivé au mois de janvier dernier, et qui était présent à la réunion de parents d'élèves à laquelle j'avais assisté quelques heures plus tôt. J'ai eu un haut-le-cœur. Ma fille entre les pattes de cette ordure ! Ce prédateur à qui j'ai même souri tout à l'heure ! Je me souviens parfaitement de lui, un homme de mon âge, sans rien de particulier ni de remarquable. L'air plutôt effacé, qui nous a été présenté comme un excellent enseignant, apprécié et aimé de ses élèves. On m'en dira tant ! Salopard !

Mais le pire restait à venir.

À l'avant-dernière page, le choc. Les phrases écrites étaient tout simplement insupportables. Jeanne envisageait de nous quitter pour s'enfuir avec lui. En Angleterre. Elle aura 16 ans et trois mois avant l'été ! À eux, la liberté ! Délire total dans lequel elle imaginait leur vie de fugitifs, le *Lolita* de Nabokov en inversé, c'était la gamine qui pilotait son suborneur ! J'explosais de rage. Ma fille était devenue complètement folle, et je n'avais rien vu venir !

Je suis allée vomir dans les toilettes. En me rinçant la bouche, j'ai imaginé le scandale. Elle allait voir ce qui l'attendait, la petite garce ! Ce qui *les* attendait. J'imaginais déjà la fureur de François quand il allait l'apprendre.

À la trahison, elle comptait nous infliger l'humiliation. À notre chagrin, elle n'hésitait pas à ajouter l'indécence, l'opprobre, le déshonneur sur notre famille.

Petite traînée ! Tu vas voir ce qui t'en coûte !

23

Avril 2001
Perdue en mère

Jeanne

– Alors, Jeanne, tu as passé une bonne journée ?

Elle avait une voix changée, elle sait tout.

Je l'ai compris dès que j'ai croisé son regard en rentrant du lycée. Je connais ma mère.

– Comme un lundi, maman…

J'ai balancé mon sac à dos sur le canapé du salon avant d'aller dans la cuisine me servir un verre de jus de pomme. Elle m'a suivie.

– Et toi ?

– Très bien, ma chérie, a-t-elle répondu en me regardant dans les yeux. J'ai eu un long entretien avec l'architecte qui doit refaire la serre du jardin, ça s'est très bien passé, je crois que ce sera magnifique.

Elle a le regard inquisiteur de celle qui sait et qui voudrait bien me parler. Mais je la connais par cœur, elle n'osera pas, pas maintenant, pas tout de suite.

Ça me rappelle l'année de mes 8 ans, lorsque je lui ai demandé comment on fabriquait les bébés dans le ventre des mamans. Un air étrange, un mélange de gêne et de déception, le regret de la fin de l'innocence accompagné d'une pointe d'inquiétude. Aujourd'hui c'est différent : elle pince les lèvres, elle a des mouvements fébriles, elle se retient difficilement. Je ne l'ai jamais vue comme ça. Il y a une violence tapie. Elle me fait presque peur. Comme si j'avais en face de moi ma meilleure ennemie.

– Je monte travailler dans ma chambre, à tout à l'heure, Mam'.

Je n'ai pas besoin de me retourner pour savoir que j'ai un rayon laser planté au milieu du dos. L'horloge du salon rythme mes pas.

Elle sait tout, j'en suis certaine. M'ont-ils fait suivre ? En seraient-ils capables ? Évidemment.

Avec les parents, il faut s'attendre à tout.

Mais pourquoi ? À cause des rumeurs sur un trafic de drogue dans l'enceinte du lycée ? Tout le monde est sur les dents, tous les élèves sont suspects, nous sommes tous susceptibles d'être interrogés ou surveillés. Il paraît même que la police est sur le coup. A-t-elle fouillé mon bureau ? Impossible de le savoir.

Il aurait fallu que je piège ma porte avec un fil ou un petit papier plié, j'ai vu faire ça dans un film d'espionnage.

À première vue tout est en ordre. Mais ma mère est aussi méthodique qu'organisée. Elle est capable de tout retourner et tout remettre en place. Je cherche des yeux le récit de mon amour. Il est perché sur une étagère, au milieu des livres. En pleine lumière. La meilleure planque. Une cachette si ordinaire qu'elle en échappe à toute curiosité. Il est toujours là, entre un roman de Philippe Djian et le dernier Beigbeder. Sauf que plusieurs livres ont été inversés.

Catastrophe ! Mais quelle conne ! Je suis sûre qu'elle l'a trouvé !

Merde, merde, merde !

Tout est consigné à l'intérieur, tout…

Dans les moindres détails, la première fois où je l'ai remarqué, la première fois où il m'a embrassée, l'heure de nos rendez-vous, nos secrets, mon désir aussi, j'étais follement heureuse d'écrire tout ça, et de pouvoir le relire chaque fois que l'envie m'en prenait. Je revendique mon amour à chaque page, si elle l'a lu, et je suis sûre qu'elle l'a fait, elle doit en être malade. Elle a eu sous les yeux la preuve qu'elle vit auprès d'une étrangère, une dissimulatrice, une fille sans scrupules, sans morale, en complète addiction.

Combien de temps va-t-elle garder pour elle ce qu'elle a découvert ? À qui va-t-elle se confier ? À mon père ? C'est évident. À la justice ? Pourquoi pas ?

Je me mets à trembler. Je suis gelée tout à coup.

En cherchant un gilet dans mon placard, je n'arrête pas de me répéter qu'elle sait tout. Ça défile à cent à l'heure dans ma tête. Il faut absolument que je laisse un message à Frédéric sur son répondeur, et le plus vite possible. Je n'ose pas appeler de la maison. Elle pourrait voir la ligne du téléphone de ma chambre s'allumer et m'écouter d'en bas. J'enfile un manteau et dévale l'escalier, je traverse la maison en trombe.

– Maman, je sors deux minutes acheter des timbres au tabac, j'en ai plus un seul !

Je claque la porte brutalement, elle a crié quelque chose dans mon dos, mais je n'ai pas entendu.

24

Mai 2001
Nuit blanche

Héloïse

Jeanne a préféré dîner dans sa chambre, elle a prétexté qu'elle ne se sentait pas très bien. Tant mieux, moi non plus.

Mais pas pour les mêmes raisons.

Je l'ai regardée se préparer un croque-monsieur au jambon et monter son plateau avec une pomme et une petite bouteille d'eau. À part ça et les œufs au plat, elle ne sait rien cuisiner d'autre, pourtant, d'après ce que j'ai lu, c'est une femme accomplie, maintenant. Il faut que j'arrête d'y penser, ça va me rendre folle.

Je me suis installée devant la télévision, j'ai revu un film de Claude Miller sur M6, *Garde à vue*, avec Lino Ventura, Michel Serrault et Guy Marchand.

Mettront-ils son professeur en garde à vue, lui aussi, quand on aura porté plainte ?

J'essaie de me concentrer sur le film, mais ce huis clos dans un commissariat de police est tellement prenant de réalisme et de trouble. Tous ces mensonges…

Tout me ramène à notre histoire, qui n'a pourtant rien à voir. J'essaie de m'accrocher à l'intrigue qui se déroule sous mes yeux, impossible de me concentrer. Je suis restée, assise, sur le canapé à le regarder jusqu'au bout sans le voir vraiment. La tête ailleurs et j'ai fini par m'endormir.

C'est le bruit de la voiture de François qui m'a réveillée, la lumière des phares a balayé les fenêtres de la maison, avant que je l'entende s'arrêter, et puis le claquement de portière, François qui pénètre dans le vestibule. Je me suis levée pour aller à sa rencontre, je m'étonne encore de la manière qu'il a de toujours dégrafer son imperméable avec élégance et dextérité.

– Bonsoir, Héloïse. Tu m'attendais pour dîner ? C'est gentil, mon amour, mais j'ai avalé un truc rapide à la clinique. Prenons plutôt un verre, ça va me faire du bien.

– Tu n'imagines pas à quel point, François…

Il a vu ma tête, il s'est avancé pour m'embrasser avec une moue interrogative.

– Qu'est-ce qui se passe, ici ?

J'ai avalé ma salive avant de me lancer.

Par quel bout commencer ?

Je l'ai prévenu que c'était grave, très grave. Que ça nous concernait tous les deux. Non, que ça nous concernait tous les trois. Je l'ai vu blêmir. Mais je lui ai demandé de ne pas m'interrompre. De ne pas s'énerver. De me laisser aller jusqu'au bout de mon récit. Et je me suis rendu compte que, pendant tout le film que j'avais regardé, je n'avais cessé de préparer ce que j'allais dire à François. Je savais que le choc serait terrible.

– Voilà…

Il ne m'a pas interrompue une seule fois. Ses doigts serraient son verre à s'en faire blanchir les phalanges et il tentait de maîtriser une nervosité que sa jambe droite trahissait.

Et puis il m'a coupé la parole.

– Je vais le tuer ! Héloïse, je vais le massacrer ! Socialement, professionnellement, il est mort, je te le garantis. Où est Jeanne ?

– Elle est montée dormir, elle ne se sentait pas bien.

– Tu m'étonnes ! Qu'est-ce que tu as fait de ce torchon intime ?

– Je l'ai replacé sur son étagère, là où je l'ai trouvé, mais je pense qu'elle se doute de quelque chose. Tu voudrais le lire ?

– Jamais de la vie ! Lire les ébats de ma fille et le récit de leur liaison, ça jamais.

– Qu'est-ce qu'on va faire alors ?

– Je vais commencer par parler à Jeanne demain matin. Je n'irai pas à la clinique, je vais l'interroger, lui faire tout avouer. Elle n'ira pas au lycée, d'ailleurs, plus question qu'elle y remette les pieds ! Après, nous irons porter plainte contre lui. Je veux qu'on l'arrête immédiatement. Le commissaire est un ami, crois-moi, j'en fais mon affaire.

– Et ensuite, François ? Il faudra affronter la rumeur, le scandale, le déshonneur… Tu y penses ?

– Il n'y aura rien de tout ça. L'année est presque terminée. J'appellerai le proviseur pour lui dire que Jeanne est atteinte d'un zona et qu'elle ne peut plus retourner en classe. Je vais arranger ça pour qu'elle passe le bac de français en candidat libre.

– Mais ils vont faire le lien avec son arrestation… Avec son éviction du lycée. Les gens vont parler, François.

– Rassure-toi, j'ai le bras long. La police dira qu'il a été victime d'un malheureux accident, qu'il ne pourra pas reprendre ses cours avant la rentrée et, d'ici là, il sera sous les barreaux et tout rentrera dans l'ordre.

– Mais comment faire avec la justice ?

– Jeanne est mineure. Il sera jugé à huis clos. Et je te rappelle que, du procureur à l'avocat général, ce sont tous mes amis. Nous allons rester aussi discrets que possible.

– Mais sa compagne parlera ! Elle va être au courant…

– Sa compagne, qu'est-ce qu'elle fait dans la vie ?

– C'est la prof de gym de Jeanne, à ce que j'en sais.

– De mieux en mieux, on nage en plein vaudeville. T'en fais pas, elle n'a aucun intérêt à ce que l'histoire s'ébruite, et puis une prof de gym, ça ne roule pas sur l'or… Une grosse enveloppe devrait calmer sa déception, fais-moi confiance.

– Et son avocat à lui, qu'est-ce que t'en fais ?

– Son avocat ? Le bâtonnier de Versailles saura lui faire comprendre que plus on évitera le scandale, mieux ce sera pour nous tous.

Je l'ai regardé avec suspicion.

– Et c'est ainsi que va le monde, François, tu le crois vraiment ?

– Le monde, sûrement pas, mais le nôtre, oui. Ne t'inquiète pas. Nous allons tout faire pour protéger Jeanne, ce n'est qu'une adolescente. Je ne reculerai devant rien pour la sauver, devant rien ni personne ! Crois-moi !

François a pris mon visage entre ses mains, son regard accroché au mien. J'ai vu ses yeux se voiler de désir, ce désir qui l'avait déserté depuis longtemps renaissait subitement dans ce combat à venir, nous retrouvions notre complicité d'autrefois.

– Monte te reposer, il est tard.

– Tu ne viens pas ?

– Je te rejoins bientôt. J'ai besoin de réfléchir encore un peu.

Je l'ai embrassé sur la joue, en rajustant mon cardigan en cachemire beige. Une heure plus tard, François faisait encore les cent pas en écoutant Daniel Barenboim interpréter des sonates de Chopin.

Quand il est monté se coucher, il était presque 2 heures du matin. Il s'est glissé contre moi, et pour la première fois de sa vie, François n'a pas traversé le couloir pour aller embrasser Jeanne dans son sommeil.

25

Mai 2001
À l'heure où blanchit la campagne

François

Il y a si longtemps que je n'ai pas profité du jardin aux aurores, à guetter le lever du jour sur la ville encore endormie, que j'en ai oublié le charme. Assis sur la terrasse, une tasse de café à la main, je respire la rosée sur la pelouse, le parfum des hortensias, l'odeur des grands chênes paresseux, en repensant à ma vie dans cet endroit où le temps s'arrête.

Et je le ressens soudain. Ici, ce matin. Chez moi.

Oui, je me suis perdu dans le travail au fil des années, oui, je suis passé à côté de l'essentiel, oui, je suis devenu aveugle au monde qui m'entoure, indifférent à mes proches. Mais mon pire regret concerne ma fille.

Comment ai-je pu me laisser aller à ce désintérêt coupable envers elle ? Jeanne, dont je n'ai fait que signer les carnets de notes sans jamais m'intéresser réellement à ce qu'elle était, à ce qu'elle désirait le plus, et je me sens coupable.

Au fond, si elle a dérapé, c'est un peu à cause de moi. Ou plutôt à cause de mes absences. Si j'avais été plus présent, je l'aurais surveillée, je l'aurais accompagnée dans son quotidien. J'aurais su lui parler.

Oui, je m'en veux, je m'en veux d'autant que je vais devoir l'affronter tout à l'heure, je sais que je vais la blesser. Lui briser le cœur. Mais je sais aussi que c'est pour son bien.

Il ne s'agira pas d'une énième opération cardiaque, il me faudra sonder le cœur à nu d'une adolescente fantasque que je ne connais plus. Une étrangère qui est le sang de mon sang, devenue incontrôlable par la force d'une passion à laquelle je vais devoir m'opposer, parce que je suis son père.

Elle va hurler, pleurer, elle va me haïr, c'est sûr. Et tout d'un coup j'ai peur.

D'elle ? Ou de moi ?

26

Mai 2001
La guerre en ce jardin

François

Elle est arrivée, le visage fermé à double tour. Un visage que je ne lui avais jamais vu. Elle a balayé du regard mes diplômes accrochés au mur, indifférente, avant de plonger ses yeux dans les miens.

Elle a attendu que je prenne la parole. Elle a raison, c'est à moi d'ouvrir le feu. J'ai pris une longue inspiration avant de me lancer.

– Ta mère m'a tout raconté, Jeanne. Ce que tu as fait est grave, très très grave, j'espère que tu en as conscience.

Elle a porté sa main droite à sa bouche et a commencé à se ronger les ongles. Une manie qui m'exaspère et qu'elle a arrêtée l'année dernière, je me trompe ?

– Je vais te dire ce qui va se passer, ma petite fille. Tu ne retourneras pas au lycée. Ni cette semaine ni jamais. Il reste un mois avant les épreuves du bac de français, tu les passeras par correspondance, en candidat libre. Je ne me fais pas de souci pour toi, il paraît que c'est ta matière préférée...

J'ai aussitôt regretté cette pointe de cynisme.

Déplacée, inutile et blessante. Je n'ai pas besoin de l'humilier ainsi. Elle m'écoute parler, les larmes aux yeux.

Ses mains tremblent un peu, elle les enfonce dans ses poches.

– Quant à ton… « ami », ta mère et moi allons porter plainte pour détournement de mineur par personne ayant autorité. Tu comprends ce que ça signifie ? Jeanne, tu imagines la suite ?

Son visage a blanchi.

– La suite, je vais te la raconter. Il sera interpellé demain matin, mis en garde à vue, il passera la nuit en détention avant d'être déféré devant un juge. Quant à toi, tu ne quitteras plus la maison jusqu'à nouvel ordre, jusqu'à ce que ta mère et moi ayons décidé de ton avenir.

Ma voix devient plus dure, plus métallique, au fur et à mesure que je m'adresse à elle.

Je le sais, je m'entends.

– Tu comprends ce que je suis en train de te dire, Jeanne ?

J'ai décelé chez ma fille un haut-le-cœur, comme si elle avait du mal à respirer.

– Je vais le détruire, mets-toi bien ça dans ta petite tête. Je vais le détruire.

Je suis cruel, je le sais. Je lui fais peur, je le vois dans son regard. Je sens qu'elle aurait préféré que je la frappe plutôt que cette violence qui lui fait baisser la tête.

Et soudain sa voix. À elle.

– Ne fais pas ça, papa. Ne le fais pas.

– Et pour quelle raison, tu peux me dire ?

– Parce que je l'aime, parce que nous nous aimons et que nous sommes inséparables, et ça, personne n'y pourra jamais rien, ni toi, ni la justice, ni le temps.

– Ma pauvre chérie, tu te prends pour qui, une héroïne de Musset, une victime de l'amour incompris ? Foutaises ! Dans un an, tu auras tout oublié.

– Non, c'est faux. Je suis à lui pour l'éternité.

– N'importe quoi !

Elle esquisse le geste de s'agenouiller.

– Papa, je t'en prie, écoute-moi. Si tu fais ça, j'en mourrai !

Sa pirouette théâtrale m'exaspère encore plus.

– Arrête ton cinéma, Jeanne. Je me fiche de ce que tu penses, ou de ce que tu ressens. Tu es en train de foutre ta vie en l'air, et je ne te laisserai pas faire. Je suis ton père, c'est encore moi qui commande dans cette maison !

– Je t'en supplie, papa. Je te le demande une dernière fois. Ne fais rien contre lui. Si tu nous sépares, je ne m'en remettrai jamais.

– Ça suffit !

– Je te le dis, je ne te le pardonnerai jamais…

– Des menaces maintenant ? Mais c'est le monde à l'envers ! Sors de mon bureau, Jeanne, je t'ai assez vue !

27

Juin 2001
Under arrest

Frédéric

C'est plutôt rare que j'aille au lycée à moto, mais, ce matin-là, je m'en souviens, le casque en bandoulière sur le bras gauche, j'avais envie de sentir le vent sur mon visage, un vent chargé de pluie.

Depuis le message que Jeanne m'avait laissé sur mon répondeur, je m'attendais à être interpellé à tout moment.

Ils m'ont cueilli à la station d'essence située en face des haras de Jardy, juste avant la descente sur Versailles. Très discrets, ils ne m'ont même pas menotté. À peine s'ils m'ont fait entrevoir leur carte tricolore, d'un geste rapide et machinal.

– M. Frédéric Durban ?

– Oui, c'est moi.

– Police judiciaire de Versailles. Veuillez nous suivre jusqu'au commissariat, monsieur, nous avons quelques questions à vous poser.

J'ai garé ma moto sur le parking, en faisant signe au gérant, qui me connaissait bien, que je viendrais la récupérer plus tard. Il a levé le pouce pour me signifier qu'il avait compris. Ils m'ont fait monter dans un break Peugeot banalisé, puis on est partis.

Le commissaire qui m'a interrogé n'a eu envers moi aucun mouvement d'humeur ni réflexion déplacée. J'ai reconnu les faits sans discuter. Pendant qu'il téléphonait au parquet, je me suis demandé pendant combien de temps j'allais être privé de liberté. Et j'ai eu peur. Peur de la prison, de l'enfermement, de ne pas supporter de ne plus la voir. Et je me suis souvenu du serment qu'elle m'avait fait jurer.

– Si on devait être séparés, promets-moi que chaque jour, à 16 heures, tu penseras à moi.

– Mais je pense à toi tout le temps, mon amour.

– Jure-le-moi. Jure de ne pas oublier. Moi, je n'oublierai pas. Quoi qu'il arrive. À 16 heures, tous les jours, je ne penserai qu'à toi.

J'ai promis. J'entends le commissaire me parler. Mais ses mots résonnent dans le vide.

– Vous allez être déféré devant le juge d'instruction cet après-midi. Vous aurez besoin d'un avocat pour vous assister. Avez-vous un nom en tête ?

– Non, monsieur le commissaire.

– Alors nous allons vous en désigner un d'office. Vous pourrez le récuser plus tard si vous le souhaitez.

À vous de voir. En attendant votre comparution, nous vous gardons en cellule.

J'ai du mal à imaginer ce qui m'attend et j'angoisse de plus en plus.

– Souhaitez-vous appeler quelqu'un ? Vous êtes autorisé à passer un coup de téléphone. Un seul.

– Non, monsieur.

Pourtant j'aurais donné n'importe quoi pour entendre ta voix une dernière fois. Mais je me connais. Si je t'entends, ce sera pire encore.

Photos de face et de profil, empreintes digitales, complément d'information sur mon état civil. J'ai eu droit à toute la procédure. Après, on m'a proposé un sandwich, que j'ai à peine goûté, une bouteille d'eau minérale, que j'ai bue presque en entier, et vers 15 heures, ils m'ont emmené.

Mon avocat m'attendait déjà dans le couloir du bureau du juge. Il s'est levé dès qu'il m'a aperçu.

– Jean-Denis Lambert, du barreau de Versailles, c'est moi qui suis chargé de vous assister, M. Durban.

Poignée de main franche et regard volontaire. J'ai eu l'impression de déceler dans ses yeux une lueur de bienveillance à mon égard.

Quand on est entrés dans son bureau, le juge nous a désigné deux chaises en face de lui. Il a murmuré :

« Martin Colombani », en s'asseyant. Il a l'air à peine plus âgé que moi.

Maître Lambert ne l'a pas interrompu une seule fois pendant l'énoncé de la plainte. « Ça ne se fait pas tant que je n'ai pas pris connaissance du dossier », m'a-t-il expliqué plus tard.

– Sans entrer dans les détails, M. Durban, reconnaissez-vous les faits, comme en atteste le procès-verbal de ce matin, ou avez-vous quelque chose à ajouter ?

– Non, monsieur le juge, je maintiens ma déclaration.

Il a relevé la tête vers moi en me notifiant mon inculpation.

– Il sera retenu contre vous le délit de détournement de mineur par personne ayant autorité, je demanderai – vous vous en doutez – votre radiation de l'Éducation nationale, mais je ne retiendrai pas l'accusation de viol, puisqu'il semble, selon vos dires, qu'il s'agit là d'une relation consentie.

– Il ne semble pas, monsieur le juge, c'est la vérité.

– Nous verrons, M. Durban, nous verrons, je n'ai pas encore entendu la victime.

La greffière s'est arrêtée de frapper. Elle a fait glisser la feuille de mes aveux de sa machine à écrire.

– Si vous voulez bien signer votre déposition, M. Durban, je vous signifie donc et à vous aussi, Me Lambert, le placement en détention provisoire de votre client. Il sera incarcéré à la prison de Bois-d'Arcy jusqu'à la date de son procès, que j'espère rapide, je vous encourage à demander un droit de visite au plus tôt, afin d'organiser sa défense.

Et se tournant vers moi :

– J'en avise à l'instant l'administration pénitentiaire, dès que vous aurez quitté ce bureau, je vous demanderai de rejoindre dans le couloir les deux policiers qui attendent la mission de votre transfert. Maître, vous êtes autorisé à rester avec votre client jusqu'à ce moment-là. Messieurs, je vous remercie.

Il s'est levé pour nous raccompagner à la porte, s'est avancé vers les deux policiers, auxquels il a dit d'une voix sourde :

– Les menottes ne seront pas nécessaires.

Nous avons patienté une vingtaine de minutes sur un banc, en regardant d'autres prévenus, d'autres avocats, d'autres policiers aller et venir autour de nous.

Me Lambert me tapotait le bras en se voulant rassurant.

– Ça va aller, mon vieux, ça va aller. Je crois que nous pouvons nous attendre à une instruction rapide, il n'a pas été retenu contre vous l'inculpation pour viol, c'est l'essentiel.

J'ai levé les yeux vers lui.

– Il ne s'agit que d'une histoire d'amour, maître, une simple histoire d'amour.

– Vous me raconterez tout ça. J'espère pouvoir vous rendre visite très rapidement. Ah, que je vous prévienne quand même, ne soyez pas étonné d'être mis à l'isolement jusqu'au procès, c'est souvent la règle. On dit que les premiers jours sont les plus difficiles, mais sachez que dès cette minute je suis à vos côtés.

À mes côtés, vraiment ? Le type est sérieux ?

Je ne me suis jamais senti plus seul qu'à cet instant.

J'ai jeté un coup d'œil à ma montre. Bientôt 16 heures. Et j'ai pensé à toi, ma Jeanne, aux courbes de ton corps, au goût de ta peau. Et j'ai continué de t'imaginer en serrant la main de mon avocat tandis que deux policiers m'ont demandé de les suivre jusqu'au fourgon, dans la cour.

Après, j'ai somnolé un peu pendant le parcours. J'ai repris pleinement conscience de la situation en franchissant les portes de la prison. Les gardiens ne m'ont pas laissé un seul objet personnel, pas même mon stylo-plume. La porte de la cellule s'est refermée sur moi dans un claquement sec, le tour de clé dans la serrure a fait un bruit grinçant, qui m'a rappelé celui de la craie neuve sur un tableau noir.

Neuf mètres carrés, une couverture plus mince qu'un drap, un semblant d'oreiller posé sur un lit scellé dans le sol, des toilettes sans couvercle, trois barreaux épais derrière une fenêtre en hauteur qui touche presque le plafond.

Je me suis allongé sur le lit en essayant de ne penser à rien. Lutter contre la peur que j'ai dans le ventre, la boule qui me serre la gorge. Et ce sentiment de solitude qui m'oppresse déjà. Je me suis dit qu'aucun homme dans cette vallée de larmes n'est préparé à devoir un jour affronter la prison.

Je n'ai pas touché au repas du soir que le gardien m'a apporté, je lui ai seulement demandé si je pouvais avoir un somnifère pour la nuit. « Demande accordée », m'a-t-il dit une heure plus tard, en déposant deux cachets de Xanax avec un air compréhensif. Malgré ça, je crois que je n'ai pas dormi plus de trois heures, tant de choses ont défilé dans ma tête, tant de choses. À la première fois que je t'ai vue en classe, à ce petit ton détaché que tu m'opposais, à ta beauté à couper le souffle, à toi te jetant sur moi dans ma voiture, à la volonté que je n'ai pas eue de te tenir à distance. À ton corps sublime qui va hanter mes jours et mes nuits.

Oui, à partir de maintenant, combien de jours, combien de nuits loin de toi, tu peux me dire ?

Mon Dieu, comment je vais faire pour me supporter ?

28

Juin 2001
Marie tristesse

Marie

Comment a-t-il pu me faire ça ?

Cette phrase rebondit comme une balle dans ma tête.

J'ai beau l'avoir quitté dès l'instant où je l'ai su, j'ai beau me répéter qu'il est sorti de ma vie comme un oiseau s'envole d'une cage grande ouverte, je lui en veux. Je lui en voudrai toujours.

Comment a-t-il pu me faire ça ? Pas lui, pas avec cette fille…

J'ai quand même pris la peine d'écrire à sa sœur Maureen, qui vit à Londres, et que je n'ai vue que trois fois dans ma vie. J'ai fait simple, j'ai fait court, je l'ai informée de l'adresse de la prison où il était incarcéré. Je n'étais pas obligée de le faire. Trop bonne, trop conne, comme on dit, et puis je me suis souvenue de lui une dernière fois…

C'était sur une plage de l'Atlantique, du côté du Croisic. J'étais venue passer une semaine dans un petit hôtel discret, seule avec mon chien Vidocq, qui n'avait pas encore un an, un berger des Pyrénées affectueux mais encombrant, et surtout qui ne m'obéissait jamais.

Ce matin-là, il s'était échappé comme un fou, je ne sais pas comment j'aurais pu le rattraper, je criais pour le faire revenir, il ne voulait rien savoir. Un homme qui se promenait au bord de l'eau a vite compris la situation, il s'est précipité derrière lui en tapant dans ses mains.

– Reviens, le chien, reviens tout de suite !

Et Vidocq a fini par s'arrêter. Mieux que ça, il a marché vers l'inconnu, la queue entre les jambes, et s'est roulé à ses pieds. J'ai couru pour les rejoindre, essoufflée et reconnaissante. Je lui ai souri, le rouge aux joues.

– Merci mille fois, monsieur, sans vous, il se serait enfui, je n'aurais pas su le reprendre.

– Je vous en prie, mademoiselle, mais ils reviennent toujours, vous savez. Il a juste été excité par les goélands, c'est le rêve de tous les chiens d'en attraper un à la course.

– Je ne sais comment vous remercier…

– En m'offrant un café au bar de l'Océan, peut-être ? Je vous avoue que ça fait deux heures que je marche, et avec ce vent du nord, je sens que j'ai pris un peu froid.

Voilà comment tout a commencé, voilà comment j'ai rencontré Frédéric Durban.

Il logeait dans une chambre d'hôtes à La Turballe, il était venu seul lui aussi. Le soir même, nous dînions ensemble dans un petit restaurant de la Côte sauvage.

Je ne vais pas mentir en disant que je l'ai trouvé séduisant et drôle, le vin blanc aidant, je me suis un peu noyée dans le gris-vert de ses yeux, dans la douceur de sa voix et, quand je lui ai appris que j'avais obtenu mon diplôme d'EPS l'année dernière, il s'est écrié en souriant :

– Le hasard fait bien les choses ! Nous sommes tous les deux du bâtiment ! Je suis prof de français dans un lycée en région parisienne, nous aurons beaucoup de choses à nous raconter.

– Pourquoi dites-vous « nous aurons » ?

– Parce que nous allons nous revoir à Paris, chère Marie, c'est indispensable, j'ai à peine commencé le dressage de Vidocq…

On s'est pudiquement raconté des morceaux de nos vies, il n'a pas voulu que je partage l'addition, et je me suis laissé faire. Tout comme je l'ai laissé me raccompagner sagement à mon hôtel, où il m'a simplement embrassée sur le front pour me dire au revoir.

On s'est donc revus dans la capitale quelques jours plus tard. Il m'avait donné rendez-vous devant le cinéma Marignan, sur les Champs-Élysées, il avait déjà acheté nos places. Il avait choisi *Légendes d'automne* avec Brad Pitt. C'est drôle, j'aurais fait le même choix. Je le lui ai dit. Il m'a répondu :

– J'avais une chance sur cinq, j'ai gagné, c'est toi qui paieras les pizzas.

– Pourquoi les pizzas ?

– Je ne sais pas, j'ai dit ça comme ça.

En fait, nous avons dîné dans une brasserie à côté du cinéma. Le film était triste et romantique à souhait. Je me souviens de tout. Il n'a pas cherché à me prendre la main pendant la projection, c'est moi qui ai glissé la tête sur son épaule, c'est moi qui lui ai tendu mes lèvres pendant le générique, avant qu'on rallume les lumières.

Et puis on s'est aimés, ce n'était pas la passion, c'est possible, mais c'était de l'amour quand même, pas une relation quelconque entre deux collègues de l'Éducation nationale. Chacun chez soi, peut-être, mais pour mieux se retrouver, se préparer pour l'autre, savourer à l'avance les rendez-vous à venir, se glisser nus sous la douche ou sur le canapé du salon. Et faire l'amour encore et encore. Je n'ai pas rêvé ces moments-là, ils ont bien eu lieu, comme nos fous rires devant les mimiques de Vidocq, quand il assistait à nos ébats. Je l'ai initié au jogging, lui, à la poésie, aux grands auteurs français, je lui ai préparé ses plats préférés, il m'a dédié ses poèmes.

Oserais-je dire que nous avons été heureux ? Oui, j'ai la tendresse de le croire.

Frédéric est un homme qui fait du charme sans le savoir, sans le vouloir souvent, je ne compte plus les fois où je lui ai demandé :

– Alors, combien de lycéennes t'ont fait les yeux doux cette semaine ?

– Toutes, mon amour, absolument toutes. Heureusement que je porte des lunettes, j'aurais pu ne pas m'en apercevoir…

– Espèce de taupe, tu n'as même pas vu que je m'étais fait couper les cheveux !

– Si, je me disais justement : qui est cette nouvelle femme dans mon appartement ? Je m'apprêtais à l'inviter à dîner pour faire sa connaissance…

Il s'en sortait toujours par une pirouette. Mais aujourd'hui qu'aurait-il bien pu me dire, l'acrobate ? Je me sens plus seule qu'avant d'être seule, puisque maintenant je suis abandonnée.

L'avocat de la famille Danicourt a pris contact avec moi, et j'ai joué le jeu, même si je savais que cette démarche était parfaitement illégale. Moyennant une somme conséquente, je n'ai pas dit la vérité, j'ai accrédité auprès des élèves et de mon entourage l'idée que Frédéric avait eu un grave accident de moto, qui le tiendrait éloigné de sa vie professionnelle pendant des mois. C'est nul, je sais, mais ce que j'ai subi n'était pas moins douloureux. Voilà, maintenant je ne penserai plus jamais à lui, même si j'ai arrêté la pilule il y a six mois. On ne s'est rien promis.

29

Juin 2001
La visiteuse

Mamina

Il y a eu, ces six dernières semaines, tant d'éloignement, tant de rancunes, tant de non-dits entre Jeanne et ses parents, que tout les entraînait vers une séparation inéluctable, même si chacun d'eux devait la redouter secrètement.

Aux dernières nouvelles, Jeanne était censée partir vivre chez Éléonore, la sœur de sa mère, qui n'avait ni mari ni enfant et qui dirigeait une importante agence immobilière dans la ville de Nice. Son départ était organisé pour la mi-juillet. Jeanne avait déjà rempli un dossier d'inscription dans un nouveau lycée, dont elle ne connaissait évidemment rien, et me disait s'en moquer éperdument. Quand je lui rendais visite une ou deux fois par semaine, un seul sujet de conversation l'intéressait : Frédéric.

– Je lui écris tous les jours, tu sais. Des lettres mortes, bien sûr, puisque je n'ai pas d'adresse où les lui envoyer, mais qu'importe, il les lira un jour, et puis tu peux me faire confiance, maintenant j'ai appris à les cacher, je ne tiens plus de journal intime... Ce qu'ils ne savent pas, c'est qu'il pense à moi comme je pense à lui chaque jour à 16 heures, où que nous soyons, on se l'est juré, si un jour on devait être séparés. Ça te fait sourire, Mamina, mais ne te moque pas, il est là, il vit à mes côtés, il y vivra toujours, même si je devais ne plus jamais le revoir. Je ne suis pas folle, je suis juste follement amoureuse. C'est magnifique et c'est triste, c'est sublime et malheureux, mais c'est comme ça.

Pour l'instant, le peu d'informations qui avait filtré, c'était qu'il avait été placé en détention provisoire jusqu'à la date de son procès, qui aurait lieu avant les vacances judiciaires, sinon début septembre, personne n'en savait rien.

Jeanne me raconta sa convocation chez le juge d'instruction.

– Je suis arrivée au palais de justice avec une capuche sur la tête, me dit-elle, on aurait dit une pestiférée. Il m'a interrogée pendant une demi-heure environ, il n'osait pas me regarder dans les yeux, c'est moi qui en ai rajouté un peu dans la provocation, tu me connais... Chaque fois qu'il prononçait le prénom de Frédéric, je lui coupais la parole. « Je l'aime tellement, monsieur le juge, je l'aime tellement ! » Dubitatif, il soupirait. J'espère que je n'ai pas nui à ses intérêts.

Jeanne me confiait que, d'après elle, sa famille suivrait son affaire de très très près, et que son père ferait tout ce qui est en son pouvoir pour accélérer la procédure avec un maximum de discrétion. C'était d'ailleurs étonnant que cette histoire ne suscite pas plus de questions dans notre entourage. Tout le monde au lycée s'était ému du prétendu accident de Frédéric, autant que de la brusque maladie de Jeanne. On en était resté là. Frédéric avait été remplacé par le prof de français des classes scientifiques. De toute manière, le programme touchait à sa fin et on avait tous les yeux tournés vers l'examen à venir. Chacun ne pensait qu'à une chose, réviser, réviser, réviser.

En attendant, Jeanne et les siens continuaient de vivre ensemble comme dans un canoë propulsé dans les rapides, avec une descente vertigineuse entre les rochers, dont l'arrivée peut être mortelle...

L'arrestation de Frédéric avait érigé entre elle et ses parents un point de non-retour. Visiblement, ils se contentaient d'une paix armée pour affronter le quotidien, mais personne n'était dupe. Je connaissais bien ce sentiment de peur dans l'attente d'une bombe prête à exploser à tout moment, on ne se défait jamais de cette angoisse, chez moi, là-bas, à Beyrouth.

Peut-être qu'avec le temps tout aurait pu rentrer dans l'ordre. On a vu parfois des cicatrisations miraculeuses avoir lieu. Peut-être…

Moi, je l'ai toujours espéré, jusqu'à ce dîner où elle n'a pas été invitée, le dernier dîner de famille.

L'effroyable dîner.

30

Juillet 2001
Festen

Jeanne

Ça s'est passé le soir du 4 juillet.

Une chaleur d'usine automobile était tombée sur Versailles, lourde et métallique.

La veille, j'avais reçu par courrier les résultats de mon bac de français, où j'avais eu à choisir entre trois sujets : « Vaut-il mieux une vie raisonnable et accomplie sur le temps, plutôt qu'une vie courte mais flamboyante ? », « L'amour courtois, tel qu'il est décrit au Moyen Âge, reflète-t-il une vie asexuée ? », « La création littéraire au XIXe siècle a-t-elle participé du désordre social, ou le désordre social ambiant a-t-il engendré une création littéraire débridée ? ».

J'ai choisi le premier, tu t'en doutes, mon amour, même si je n'ai pas pu m'empêcher de penser qu'il aurait été plus à sa place dans une épreuve de philo. J'ai obtenu un 17, pas mal, non ? Alors que je n'avais plus goût à rien. M'aurais-tu donné un 18 ? Je ne le saurai jamais, ici personne ne m'a félicitée.

Ce soir-là, mes parents ont organisé un dîner avec du beau monde. Outre mon grand-père et mamie, ils ont convié deux autres couples, des relations de mon père essentiellement. Samuel Vigan et son épouse Virginie. Lui, médecin de ville généraliste, la cinquantaine souriante, elle, de quinze ans sa cadette, directrice de communication dans une agence de pub peu connue.

Et évidemment, Frank Choisy et sa femme Sophie, les amis les plus proches de mes parents. Il est chirurgien orthopédique à la clinique Danicourt, elle, femme au foyer et meilleure amie de ma mère. Nous avons souvent passé une semaine, l'été, dans leur maison du Lavandou.

Les réverbères de la terrasse brillaient de tous leurs feux. Un cuisinier thaïlandais avait été engagé pour la circonstance, accompagné d'une jeune femme qui assurait le service.

Moi, je n'ai pas été invitée à partager ce repas, bien sûr, j'étais « la petite Jeanne », consignée dans ses quartiers. Pas si petite que ça, puisque je suppose que tout le monde devait être au courant de l'« affaire », ils étaient entre intimes, après tout.

Au moment où ils sont passés à table, j'ai ouvert ma fenêtre, j'avoue avoir été tentée d'écouter à fond le dernier album d'AC/DC, histoire de leur mettre un peu d'ambiance, et puis ça m'a semblé mesquin. Un réflexe de gamine, une réaction puérile, qui n'aurait suscité que des haussements d'épaules et des yeux levés au ciel. Je suis donc restée allongée sur mon lit, vêtue d'une simple culotte, à regarder le plafond en pensant à Frédéric, attendant que la fraîcheur revienne.

Le champagne et le vin aidant, j'entendais monter du jardin des éclats de rire, des gloussements.

Je me suis levée pour les écouter. Ils parlaient de plus en plus fort, n'arrêtaient pas de se couper la parole, et j'ai fini par comprendre que j'étais au cœur de cette conversation animée. Alors j'ai enfilé en vitesse une jupe rouge vif, un tee-shirt noir au logo « No futur » tiré au hasard de mon placard, et je me suis précipitée comme une furie dans l'escalier. Je n'aurais pas dû, je le sais, débarquer comme ça. Mais c'était plus fort que moi. L'idée d'être au centre de leurs commentaires déplacés, de leurs analyses psychologiques à deux balles, ça m'a exaspérée. Je me suis invitée sur la terrasse, pieds nus et les cheveux en bataille. J'ai pris toute l'assistance par surprise, un chien au milieu d'un jeu de quilles.

– Bonsoir tout le monde ! Visiblement, vous passez une bonne soirée… Moi, un peu moins, à vous entendre…

Et en me tournant vers la serveuse :

– Mademoiselle, je peux avoir une coupe de champagne, s'il vous plaît ?

– Mais enfin, Jeanne, s'est étranglée ma mère en me dévisageant avec ahurissement, tu sais bien que tu ne bois du champagne qu'à Noël !

– Eh bien, disons que, ce soir, Noël est arrivé en avance ! Un Noël un peu chaud, vous ne trouvez pas ? Moi, j'ai besoin de me rafraîchir !

– Tous m'ont regardée, médusés.
– Et puis, ai-je poursuivi en tournant comme un fauve autour de la table, c'est souvent au repas de Noël qu'on fait le bilan de l'année passée, non ?

Je me suis payé le luxe de les gratifier, un à un, d'une tape sur l'épaule.
– On se dispute, on s'embrasse, on se dit des vérités…
– Quel rapport avec nous ? a demandé mon père.
– C'est juste que je vous entendais de là-haut. Si, si… Il était question d'histoires d'amour, et l'amour, ça intéresse tout le monde ici. Alors, on commence par qui ?
– Mais enfin, Jeanne, est intervenue ma mère, agacée. Un peu de tenue, s'il te plaît, tu es ridicule !
– De la tenue ? Mais j'en ai, maman, j'en ai. En revanche, on ne peut pas en dire autant de vos amis… N'est-ce pas, Frank, ai-je poursuivi en le fixant dans les yeux, toi qui n'hésitais pas à me peloter les seins l'été dernier sous le prétexte de m'apprendre à améliorer mon coup droit au tennis ?

Silence gêné.
Frank a secoué vigoureusement la tête en murmurant :
– Mais c'est n'importe quoi ! N'importe quoi !

Pourtant je ne suis pas sûre qu'il ait convaincu sa femme.

– Quant à vous, Samuel, vous devriez surveiller votre jeune épouse, à moins que ça vous émoustille qu'elle soit attirée par les jeunes filles. Ah si, si, je vous le promets ! La dernière fois qu'elle m'a coincée dans un couloir, elle a essayé de me fourrer sa langue dans la bouche ! J'ai eu du mal à m'en défaire, de la coquine !

Virginie est devenue rouge pivoine dans sa robe blanche de soirée, en bafouillant des « ça alors ! ça alors ! » indignés, mais tout le monde est resté figé. On n'entendait plus un bruit de fourchette. Je ne pouvais plus m'arrêter, j'étais déchaînée.

– Je vais vous dire ce que je pense de vous tous. Oui, vous qui vous permettez de me juger... Non seulement vous ne savez pas ce qu'est l'amour, mais vous vivez médiocrement. Vous n'êtes qu'un triste reflet dans le miroir de l'autre. Alors que moi, le miroir, je l'ai brisé en mille morceaux. Le grand amour, quand je l'ai croisé, j'ai osé le vivre pleinement, sans retenue ni faux-semblants. Quand vous, vous n'êtes capables que de condamner sans savoir. Ah, je vous plains... Vos tête-à-tête doivent être d'une tristesse abyssale...

– Ça suffit ! a hurlé mon père, en reculant sa chaise. Monte immédiatement dans ta chambre !

– T'inquiète, papa, je vais partir. Mais, avant, laisse-moi finir. Je t'ai gardé pour la fin. Toi, le grand chirurgien du cœur. Ton cœur, il bat la chamade à ce qu'il paraît !

– Mais qu'est-ce qui se passe ? Tu deviens folle ?

– Non, c'est plutôt ton assistante qui est folle de toi, et puis franchement je ne vous trouve pas très discrets depuis deux ans que ça dure…

– Mais enfin, François, fais-la taire ! a lancé ma mère d'une voix rauque et tremblante.

Mon père s'est levé d'un bond et m'a donné une gifle qui m'a retourné la tête.

J'ai été soufflée par la violence de son geste. J'ai retenu mes sanglots. Jamais il n'avait levé la main sur moi. Jamais. J'ai serré les dents et tourné les talons pour remonter dans ma chambre. Pas question de rester une seconde de plus au milieu de ces gens-là. Je nous ai vengés, mon amour.

Je me suis juste retournée à l'entrée du salon quand j'ai entendu mon grand-père se lever pour prendre toute l'assistance à témoin, un grand sourire aux lèvres :

– Quand je vous disais, mes amis, que cette petite a la beauté du diable… Mais, ce soir, j'ai bien peur qu'elle soit devenue son ambassadrice… vous ne trouvez pas ?

31

Juillet 2001
Paris-Nice

Jeanne

Après ce simulacre de dîner entre amis, mon départ pour Nice a été avancé d'une semaine.

C'est mon père qui est venu me l'annoncer dans ma chambre : je quitterais la maison dans les vingt-quatre heures. Quand il est entré, je n'ai pas tourné la tête pour le regarder ni pris la peine de lui répondre.

J'ai décidé de ne plus jamais lui adresser la parole. Mes bagages ont été rapidement bouclés, direction l'aéroport le lendemain après-midi. Je n'ai dit au revoir à personne. C'est Gilbert qui m'a accompagnée. Il a eu l'élégance de mettre la radio sur France Info pendant le trajet jusqu'à l'aéroport, ça nous évitait de parler, c'était mieux ainsi.

Never explain, never complain.

En déposant mes deux grosses valises à l'enregistrement, j'ai bien senti qu'il avait l'air embarrassé.

– Au revoir, mademoiselle Jeanne, a-t-il dit en m'embrassant sur les deux joues.

C'était bien la première fois qu'il se permettait une telle familiarité, il a aussitôt fait demi-tour et a disparu dans la foule. J'ai senti une bouffée de tristesse m'envahir. Désormais, j'étais vraiment seule. Seule comme je ne l'avais jamais été. Dans la salle d'embarquement, j'ai résisté autant que j'ai pu avant de me réfugier dans les toilettes. Une boule m'a tordu le ventre et j'ai éclaté en sanglots. Je me liquéfiais. Mais cette crise nerveuse n'a duré qu'une minute. Quand je me suis assise dans l'avion, j'étais sèche. Triste et sèche. L'Airbus a décollé dans un bruit d'enfer, j'ai pensé à Frédéric, il allait bientôt être 16 heures…

En levant les yeux, je me suis dit qu'il aurait pu apercevoir cet oiseau d'acier passer dans un rayon du soleil… Mais j'ai trop d'imagination, je sais, ça me rend idiote. J'ai jeté un regard à travers le hublot. On avait déjà pris un peu d'altitude, on distinguait encore des routes, des maisons et des voitures. Bientôt, tout allait disparaître dans les nuages.

Alors j'ai eu envie de t'écrire en plein ciel, Mamina. J'ai sorti un cahier de mon sac, j'en ai arraché une page.

Je viens de quitter ma vie d'adolescente dans une traînée de kérosène, je ne suis pas partie de chez moi, on m'en a chassée. La question qui m'importe à présent, c'est qu'est-ce que je vais devenir ?

Mes parents m'ont propulsée dans le vide, le néant.

Je les hais.

Frédéric a disparu de ma vie, il me manque à en crever, toi aussi, Mamina, tu vas me manquer. Je sais que je peux compter sur toi…

Et puis je me raccroche à l'idée de retrouver Éléonore. Ma marraine. Je sais qu'elle va me materner, prendre soin de moi avec toute la tendresse dont elle est capable. Habiter avec elle me rassure, c'est certain, même si j'ai l'impression d'être devenue une bête curieuse.

Tu ne crois pas ?

C'est prétentieux de dire ça ?

Je sais ce que tu me répondrais : « Tu ne vas tout de même pas te laisser abattre par si peu, toi qui étais prête à toutes les folies pour vivre un truc extraordinaire ! »

Tu as raison, et puis je suppose qu'Éléonore a été briefée par ma mère et qu'elle attend la visite d'une ado perturbée, qui a succombé au diable au cœur…

Je t'appellerai bientôt, Mamina, d'ici là, tu auras reçu ma lettre.

Je la poste à l'aéroport. Je t'embrasse autant que je me consume.

Jeanne au bûcher.

32

Juillet 2001
La mission d'Éléonore

Éléonore

Je m'attendais à la recevoir défaite. Cassée.

Mais la voilà qui apparaît dans le hall de l'aéroport bien entière, on dirait que le chagrin lui réussit, elle est encore plus belle que dans mon souvenir.

Ma sœur m'a appelée la semaine dernière pour me raconter en détail la romance de Jeanne et de son prof de français, le scandale évité à grand-peine. Puis, nouveau coup de fil avant-hier pour évoquer le dîner tragique.

– C'est comme si elle avait dynamité la maison, tu comprends, m'a soufflé Héloïse entre deux sanglots. Nous n'avons plus de fille, plus de famille, plus d'amis. Nous n'avons plus rien, rien que toi… Je ne peux même pas te dire à cet instant si je reverrai Jeanne un jour, je n'en sais rien. Elle nous a fait trop de mal, à son père et à moi. Je vais demander le divorce maintenant, tu t'en doutes, qu'est-ce que je peux faire d'autre ?

Et puis après un long silence.

– Donne-moi de ses nouvelles régulièrement, protège-la, elle en a besoin.

J'ai allumé une cigarette tandis qu'elle poursuivait son récit :

– C'est fou d'en être arrivé là ! Tu te rends compte, devoir me séparer de ma fille ! Tu es peut-être la seule personne à pouvoir la comprendre, tu es passée par là, toi aussi. Tu sais ce que c'est, non… hein ?

Héloïse a toujours eu le sens du mot qui blesse.

Je l'imagine assise sur le canapé du salon, le téléphone dans une main, l'autre caressant la tête de son chien.

À mille kilomètres d'ici, elle était encore capable de me reprocher cette histoire qui a brisé ma vie. Sa phrase en suspens a résonné tristement dans mon cœur, parce qu'il m'arrive encore de penser à cet homme.

Mon amour de jeunesse. Ce député des Alpes-Maritimes, marié et père de deux jeunes enfants, avec lequel j'ai eu une liaison. Un beau scandale. Mais mon père a su me faire renoncer à ma passion en me consolant avec ce qu'il y a de plus sentimental en lui : l'argent.

Je terminais mes études de droit, et il m'a mis le pied à l'étrier en finançant ma prestigieuse agence immobilière dans cette région où le prix du mètre carré flambe autant que le soleil. L'histoire se répète-t-elle ?

J'ai chassé cette bouffée de nostalgie en claquant la porte de la maison pour aller chercher Jeanne à l'aéroport.

Au terminal des arrivées en provenance de Paris.

Pas de lunettes noires, pas de maquillage, les cheveux sagement retenus par une queue-de-cheval, elle poussait un chariot chargé de deux énormes valises. Jean, sweat-shirt, baskets et blouson de cuir, une ado ordinaire.

Elle m'a embrassée sans effusion particulière, mais Jeanne n'affiche pas ses sentiments, je le sais. On est descendues récupérer ma voiture au parking, sur le chemin du retour, elle n'a pas desserré les dents. Jusqu'à ce qu'on tombe dans les embouteillages.

Là, elle s'est tournée vers moi et, les yeux noyés de larmes, elle m'a dit :

– Merci d'être venue, marraine, merci de m'accueillir chez toi, je ne te donnerai aucun souci, je te le promets. Je serai aussi discrète que possible. Je tenais à te le dire, c'est important pour moi.

Je l'ai regardée en souriant.

– Ne t'inquiète pas, Jeanne, tout va bien se passer.

Quand je lui ai montré sa chambre et sa salle de bains, elle a rapidement balayé les lieux du regard, l'emplacement de la cuisine, le salon donnant sur la mer, la grande terrasse… Il était déjà 7 heures du soir. Je lui ai proposé de manger un morceau, elle devait avoir faim, mais elle a décliné d'une voix douce. Elle m'a dit qu'elle était fatiguée. Je lui ai proposé de défaire ses valises demain matin. Elle m'a dit oui, d'un sourire las, et elle est allée se coucher. J'ai guetté dans la nuit le bruit de ses pleurs. Je n'ai rien entendu.

Et c'est ainsi que notre cohabitation a démarré. Le carnaval des jours a repris son rythme et ses couleurs. L'été s'est glissé dans les rues de la ville, étouffant, implacable.

Mais je ne suis pas sûre qu'il ait su réchauffer le cœur de ma nièce.

33

Août 2001
Le courrier de Londres

Maureen

Mon Frédéric,

J'aime recevoir tes lettres, j'aime les lire et les relire souvent, je n'oublie pas que c'est grâce à Marie que nous avons su où tu étais incarcéré, et que nous avons pu nous organiser au mieux.

J'ai encore quelques contacts avec elle, de loin en loin, je ne l'ai pas eue au téléphone depuis un mois peut-être. Je le regrette, mais je crois qu'elle t'en veut encore beaucoup de ce qui est arrivé.

Dommage, j'aurais tellement aimé trouver une confidente, oserais-je dire une amie, pour parler de toi, encore de toi, toujours de toi.

Je me souviens du petit garçon que tu étais, au moment de la disparition de papa et maman dans cet horrible accident, je me souviens comment nous nous sommes consolés mutuellement, je n'avais que sept ans de plus que toi, tu es un peu devenu mon enfant cette année-là.

J'ai dû me battre pour garder la maison de nos parents pour trouver un travail à Louviers, rien n'a été facile, tu le sais. Mais le plus douloureux pour moi, c'était le dimanche soir, quand je t'accompagnais à l'autocar qui t'emportait vers la pension.

Je n'aurais pas pu t'élever comme une mère, ni t'attendre tous les soirs à la sortie de l'école, il me fallait cet emploi pour subvenir à nos besoins. Toi, tu ne t'es jamais plaint, tu n'as jamais pleuré, mais, tous les soirs dans la chambre, je me demandais : « À quoi pense Frédéric à cette heure-là, qu'y a-t-il dans sa tête, pourquoi dois-je vivre privée de sa jeunesse, de ses éclats de rire, de sa tendresse ? »

Même pour les vacances scolaires, nous n'étions pas ensemble, à part à la Noël et au mois d'août. Qu'est-ce que j'ai pu détester cette rentrée des classes ! Les derniers feux de l'été ressemblaient au signal du retour d'un prisonnier dans sa geôle, c'est comme ça que je t'avais surnommé en cachette, « le prisonnier ».

Tu te rends compte ?

Et maintenant l'histoire est devenue vraie, tu vis et tu dors en prison, pour combien de temps encore ? On ne sait pas, maître Lambert me dit que l'instruction est close, la date ne devrait plus tarder, dans les premiers jours de septembre, paraît-il, mais pour quel jugement, quelle peine à l'arrivée ?

Finalement, c'est toi qui as eu raison de garder cet avocat commis d'office, maître Lambert nous rassure et me paraît très humain. Je n'en peux plus d'attendre, je n'en peux plus d'espérer, je n'en peux plus d'avoir peur, pardonne-moi, mon Frédéric, je suis là à gémir dans mon coin, et c'est toi qui es en cage.

Tu sais, nous n'avons plus de pudeur à avoir entre nous, tu as toujours été très secret et sache que je respecte ton attitude, je ne te demande rien sur cette jeune fille dont tu as été amoureux, tu l'es encore sûrement, je pense que nous en parlerons un jour, seul à seul, le temps n'est pas encore venu.

Bien sûr, je suis très triste que tu ne veuilles pas que je te rende visite à la prison, mais je comprends ta décision, ce serait peut-être trop douloureux pour nous deux. Pourtant un jour, quand ce jour viendra, c'est moi qui serai là pour te ramener chez nous, je te le promets ! Tu me manques tellement, Frédéric !

Ici à Londres, le temps passe comme il peut.

Bridget et Murray, tes petits neveux, demandent quelquefois de tes nouvelles, je leur ai dit que tu avais obtenu un poste de professeur en Australie, ça ne veut pas dire grand-chose pour eux, ils comprennent seulement que c'est loin.

Jérémie, quant à lui, s'illustre à faire de brillantes affaires à la City, il m'a confié la semaine dernière que la bulle spéculative sur les start-up était au plus haut, et qu'il avait commencé à vendre notre portefeuille d'actions, de toute façon je n'y comprends rien. Je crois que nous sommes devenus riches parce qu'il envisage d'acheter le manoir en Cornouailles où nous avons passé nos dernières vacances. Je sais qu'il pense souvent à toi, qu'il a pris en charge les frais du procès et de tous les à-côtés avec maître Lambert, bien qu'il reste très évasif à ce sujet, tu le connais…

Continue de m'écrire autant que tu le désires, Frédéric, tes lettres me font du bien. Et puis continue d'écrire tout court. De mon côté, j'ai relu il n'y a pas si longtemps cet ouvrage de poésie que tu as publié, il y a, quoi, une dizaine d'années maintenant, tu as un vrai talent, ça m'a mis les larmes aux yeux, et je sais que l'écriture t'aidera à supporter ton isolement.

À propos, je suis heureuse de savoir que tu reçois bien les ouvrages que tu m'as commandés, toutes ces biographies de pop stars des trente dernières années.

Je t'envoie beaucoup de coupures de presse les concernant, je crois que la documentaliste qui s'en est occupée a fait un travail formidable.

Je continue aussi comme tu le vois de te faire parvenir autant de CD réédités des chansons de l'époque. Tu prépares une anthologie de tous ces personnages ?

C'est peut-être une bonne idée, en tout cas si ça t'aide à passer le temps, c'est très bien.

Ce matin, il pleut sur le jardin, mon frère, je me demande si tu peux voir tomber la pluie d'où tu es, mais peut-être que chez toi il ne pleut pas.

J'attends le verdict avec confiance, je te serre sur mon cœur et je t'espère.

Maureen « Poppy », ta sœur qui t'aime

P-S : Comme je te l'ai peut-être déjà dit, j'ai pris toutes les dispositions nécessaires pour mettre fin au bail de ton loyer. Quant à tes affaires personnelles, ne t'inquiète pas, elles sont arrivées il y a trois jours à Londres dans des caisses en bois, que je stocke ici. Tu retrouveras tout à ta sortie. J'ai bien spécifié qu'on prenne le plus grand soin de tes livres et de ta collection de vinyles.

N'oublie jamais que, au plus fort de l'orage, une Anglaise garde toujours le sens des choses pratiques. *Isn't it ?*

34

Septembre 2001
Le procès d'un amour

Frédéric

Peut-on dire que mon procès a été vite expédié ?

Sans aucun doute. Mais j'en suis le seul responsable.

Pourtant, dans le fourgon qui m'a conduit vers le tribunal, je m'étais promis de bien me tenir. La veille encore, j'ai passé la nuit à me répéter les phrases que j'avais préparées à l'intention de mes juges.

Coupable. J'allais plaider coupable.

Admettre mon crime, m'excuser devant la cour de tout ce qui s'était passé, faire acte de contrition. Oui, j'allais émouvoir l'assistance en avouant ma faiblesse.

J'ai décliné mon identité, et je me suis assis pour écouter la plaidoirie de mon avocat. Contrairement à ceux d'en face, qui y ont à peine prêté attention.

Je crois que c'est là que ça a dérapé. C'est là que je n'ai pas pu m'en empêcher. Notre histoire méritait mieux que quelques phrases prononcées dans l'indifférence générale. Alors j'ai levé la main pour demander au président la permission de prendre la parole. Permission accordée.

– Monsieur le président, messieurs les jurés, vous souhaitez entendre la vérité, je vais vous la dévoiler.

Silence dans la salle. Mon avocat s'est tourné vers moi, l'air inquiet.

– Jeanne est mon rêve impossible, elle est ce qui a emporté ma raison. Je suis fou d'amour pour elle, fou de ses regards, de ses baisers, de ses caresses.

Est-ce que j'ai menti pour la retrouver ? Oui.

Est-ce que j'ai transgressé la morale ? Oui.

Les conventions sociales ? Oui.

Est-ce que j'en éprouve de la culpabilité ? Pas le moins du monde.

Mon avocat m'a serré le bras pour me faire taire, mais j'ai poursuivi de plus belle.

– Non, je n'éprouve ni culpabilité, ni remords, ni regret. Non, ce que j'éprouve, c'est la douleur infinie, insupportable, de ne plus la revoir, de ne plus entendre le son de sa voix, ce murmure chuchoté qui s'évanouissait dans mon oreille, comme une vague qui vient s'échouer sur la grève.

L'avez-vous connu, ce son, ce frisson, monsieur le président ?

L'avez-vous déjà ressenti ?

J'ai entendu Me Lambert me souffler de me taire, mais je ne l'ai pas écouté.

– Permettez-moi d'en douter. Vous me paraissez tous glacés, figés, empaillés. Rien ne bouge, ni dans vos cœurs ni dans vos yeux. Vous croyez juger un de vos semblables ? Mais je n'ai rien en commun avec vous, absolument rien. Je préfère cent fois être à ma place qu'à la vôtre !

Je me suis rassis, essoufflé.
– On n'est pas au théâtre, monsieur. C'est une cour de justice ici, ne l'oubliez pas, a rétorqué sèchement le président, en secouant la tête.

Rien d'autre. Pas le moindre murmure d'indignation ou d'approbation dans la salle. Un silence glaçant. La famille de Jeanne avait fait en sorte que mon procès se déroule à huis clos.
– Vous ne m'avez pas laissé le temps de vous défendre, M. Durban, a rétorqué, affligé, mon avocat, tandis que la cour s'est levée pour délibérer.
– Au contraire, maître, vous m'avez parfaitement défendu, puisque vous ne m'avez pas trahi.

Trente minutes plus tard, ils étaient de retour.
– Accusé, levez-vous.

Il n'y a pas eu de motivation du jugement, la sentence a été prononcée d'une seule phrase.

Sans doute ai-je cloué mon propre tombeau en prenant la parole, sans doute.

Mais je ne peux pas dire que je n'ai rien ressenti quand la sentence a été prononcée, et que le marteau est retombé.

Quatre ans d'emprisonnement, aucun sursis accepté.

La cour s'est retirée, la séance était close. Et moi, j'ai eu l'impression de tomber au fond d'un gouffre. Pourtant, je me suis tourné vers Me Lambert pour le remercier de tous ses efforts fournis ces derniers mois.

– On a pris le maximum, m'a-t-il dit à voix basse. Je vais demander un parloir la semaine prochaine. Nous avons dix jours pour nous pourvoir en appel.

– Non. Je refuse d'aller en appel, maître.

– Réfléchissez quand même, M. Durban.

– C'est tout réfléchi.

– Avec les remises de peine pour bonne conduite, vous ne ferez que trois ans maximum, moins la préventive, bien entendu… Je reste à vos côtés, M. Durban.

Les gendarmes m'ont emmené, menottes aux poignets. Je suis parti comme un somnambule. Il était 5 heures, j'avais raté mon rendez-vous avec Jeanne.

Le lendemain, pas une ligne dans la presse. Rien.

Ma misérable histoire n'intéressait personne. Et pour cause. Toutes les caméras, tous les micros étaient tendus en direction de New York, plus précisément vers le World Trade Center, pour recueillir les premiers témoignages des survivants.

Nous étions le 11 septembre 2001.

35

Septembre 2001
Masséna blues

Jeanne

Jour après jour, semaine après semaine, mois après mois, je traîne mon chagrin sur la promenade des Anglais. Je n'ai qu'à sortir de l'immeuble pour me retrouver sur le bord de mer.

Ici, la Méditerranée est d'un bleu lymphatique. En souriant, je repense à Jean Gabin, qui dit à Alain Delon dans un film dont j'ai oublié le titre : « Évite de t'extasier sur la mer, elle a toujours été là. »

C'est vrai qu'elle se balance avec nonchalance. Moi, j'ai l'impression d'être une tête vide. D'avancer en permanence sur du sable. La réalité file entre mes doigts. Le temps passe sans que je le perçoive. Je ne me tords plus les chevilles en marchant sur cette plage de galets hostiles, mais je me moque de tout.

Sans Frédéric, plus rien n'a d'importance. Le reverrai-je un jour ? Je n'ai pas de réponse à cette question. Alors j'essaie de noyer ma peur.

Tous les matins, je descends de la maison et je vais nager.

Je me laisse glisser sous l'eau à bout de souffle. La sensation est grisante. Je compte mes secondes en apnée, je crois que mon record, c'est un peu moins d'une minute. Je retiens ma respiration jusqu'à m'étourdir, et parfois je me dis que, si je me laissais couler, mon chagrin s'arrêterait net. Et puis non, je verrai quand même le visage de Frédéric.

Si jamais nous pouvions nous retrouver un jour ?

Nice n'a plus le moindre secret pour moi. Ni sa baie des Anges, ni son casino, ni sa place Masséna et ses marchands de barbe à papa, ni ses immeubles anciens inspirés de l'architecture italienne. J'ai l'impression de vivre dans un décor. Une vie artificielle, une vie qui n'existe pas.

Mamina me manque.

Elle est venue une fois me rendre visite. C'était tellement étrange, ce visage du passé dans ce nouveau paysage. Et on s'est retrouvées comme si on ne s'était jamais quittées…

Je crois qu'elle en a assez de m'entendre parler de Frédéric. Mais je suis incapable de parler d'autre chose. Je ne pensais pas que l'absence pouvait être aussi douloureuse. Mamina m'a bien proposé de venir passer quelques jours chez elle, mais c'est non.

Il est hors de question que je retourne à Versailles. Jamais.

On se téléphone longuement, on s'écrit aussi, je sais que ce n'est pas trop la mode de s'échanger des lettres, mais moi ça me plaît. La dernière fois qu'on s'est parlé, j'ai craqué, je lui ai posé la question, pourtant je m'étais promis de ne pas le faire :

– Tu sais où il est emprisonné ?

36

Mai 2004
Bibliothécaire

Frédéric

Il pleut depuis deux jours sans discontinuer.

Ici, la pluie est accueillie comme un message du ciel, chacun peut lire à travers les gouttes qui tombent ce qu'il espère y trouver. Et puis, quand il pleut, les oiseaux disparaissent, et ce n'est pas plus mal. C'est ce qu'il y a de pire, de les voir se poser sur le rebord de la fenêtre de la cellule avant de s'envoler. Je ne peux pas m'empêcher d'avoir envie de les suivre. De me tirer d'un battement d'ailes.

En trois ans d'incarcération, j'avais eu le temps d'apprendre pas mal de choses sur cet endroit que les gens de l'extérieur ne peuvent pas comprendre. Même pas imaginer.

La respiration par exemple. Ici, on ne respire pas de la même manière qu'au-dehors. Il faut respirer doucement, ne pas avaler trop d'air d'un seul coup, sinon la pression sanguine s'affole. Une sensation d'oppression vous comprime la poitrine, on éprouve viscéralement l'enfermement. Ici les barreaux vous coupent de tout.

Il n'y a pas que la respiration qui est différente, il y a la marche aussi. On apprend à ralentir ses pas. À ne pas courir, sauf pendant l'heure de la promenade. Et encore, il est conseillé de trottiner. La prison, c'est l'école de la survie quotidienne, un apprentissage du *self control* pour accepter les murs qui vous encerclent.

Le plus difficile, c'est peut-être de contrôler sa peur. Aucun anxiolytique ne peut venir à bout des crises d'angoisse. Ici, elles ne ressemblent en rien à celles de l'extérieur. Ici, c'est un autre monde, d'autres sensations. Ici, le bruit est constant. Agressif. Les portes qui claquent. Les hurlements qui retentissent à tout bout de champ. Les pleurs aussi. Le brouhaha des télévisions allumées nuit et jour. Le bourdonnement des radios. Et puis il y a la peur du noir ou de la lumière aveuglante qui revient quand les matons éteignent ou rallument selon leur volonté.

Pourquoi les nomme-t-on ainsi ? Parce qu'ils nous surveillent ? Parce qu'ils nous répriment ? Je n'ai toujours pas la réponse. Même pendant les parloirs, leurs regards ne nous quittent pas. Nos faits et gestes sont épiés, vérifiés, nos moindres déplacements sur neuf mètres carrés. Dernière chose, ici, on compte le temps tout le temps. Le nombre de pas, de jours ou d'heures avant un parloir, avant la cantine, avant la promenade, avant une visite médicale.

Moi, je ne reçois pas de visites, excepté celles de maître Lambert, une fois par mois, sinon il y a les courriers de ma sœur, bien sûr. Elle a tout organisé, m'envoie des ramettes de papier et des stylos. Du coup, je sors le moins possible. Sortir, c'est s'exposer à la violence, aux insultes. Au début, j'ai été une cible de premier choix. Paroles ordurières, crachats, menaces. La rumeur avait fait de moi un présumé pédophile, accusé de détournement de mineure. Depuis mon jugement, ça s'était calmé. La rumeur avait changé de camp.

De bourreau, j'étais devenu victime. Héros romantique, ou bête curieuse, injustement condamné pour une histoire d'amour que la société bourgeoise réprouve. Et ce, grâce à mon codétenu. Et à sa curiosité.

– Tu as pris combien, toi ?

– Quatre ans.

– Tu as fait quoi ?

– Détournement de mineure, j'étais son prof de français, ça n'a rien arrangé, tu t'en doutes.

– Moi, douze ans, mon vieux. Trafic de stup'. J'étais bibliothécaire à Nantes. C'est de là que je fournissais mes « abonnés »... si on peut les appeler comme ça ! Bibliothécaire et prof de français, on devrait pouvoir s'entendre !

Trois mois plus tard, grâce à lui, j'étais engagé comme assistant à la bibliothèque.

Je me suis toujours acquitté de ma tâche avec sérieux. Je range, je classe, j'époussette tous les ouvrages qui me passent entre les mains. J'en connais le contenu pour la plupart, et je ne m'étonne plus qu'à la fin de chaque mois le best-seller de nos détenus demeure le héros d'Alexandre Dumas, l'idole de la prison, qui laisse tous les prisonniers rêveurs : le fameux comte de Monte-Cristo. La bibliothèque en possède trois exemplaires, que je rafistole avec application.

Ce qui étonne Christian, c'est l'intérêt que je porte aux ouvrages sur la pop music mondiale, que m'envoie ma sœur Maureen avec constance. Dans notre correspondance, je mentionne autant de références qu'il est possible, et elle s'applique à les trouver. La censure de nos courriers n'a jamais connu d'objection à ces livraisons. Christian n'en revient pas de me voir lire et relire encore tous ces magazines inlassablement.

– Tu cherches à les apprendre par cœur ou quoi ? C'est tes origines anglaises qui te poussent à cette passion ? Ou t'envisages de devenir les Beatles à toi tout seul ?

– Ça m'aide à m'évader, camarade…

J'ai fini par le convertir à écouter les dizaines de CD qui se succèdent dans mon Discman. Je me dis qu'à la fin de ma détention j'en aurai fait un fan de James Taylor, de Cat Stevens, de Crosby, Stills, Nash and Young, et de toute la musique pop des années 70. Je me demande parfois ce qu'il est devenu aujourd'hui.

Moi, je continue d'écrire dans mon coin dès que je peux. Je compte dans ma tête les jours qui me séparent de ma libération. Et j'ai appris à compter mieux que je n'écris…

Je vis avec l'espoir que je reverrai Jeanne.

Même si je ne sais ni où, ni quand, ni comment.

Même si je n'en ai aucune idée.

C'est une certitude, je reverrai Jeanne.

37

Mai 2004
Cannes Majestic

Jeanne

J'ai dit oui.

J'ai dit oui à cette femme qui m'a abordée à la terrasse du Majestic pendant le Festival de Cannes.

Je prenais un verre avec Mamina, qui était venue passer le week-end avec moi. Le soleil illuminait la baie.

Autour de nous, des apprenties starlettes en robe moulante observaient avec envie l'incessant ballet des limousines devant les palaces.

Nous, on s'amusait à essayer de mettre un nom sur les célébrités qu'on croyait reconnaître. Brad Pitt ? Leonardo DiCaprio ? Toujours pas.

Déception, déception, avant qu'une femme d'une quarantaine d'années nous aborde.

Lisa Hermann – j'ai tout de suite retenu son nom - s'exprimait en faisant de grands gestes, à la manière des Italiennes. Elle était en charge de la plus grande agence européenne de mannequins. Rien que ça.

Elle voulait m'organiser une séance de shooting au plus vite. Et bien sûr, tout cela se ferait avec les meilleurs photographes. Elle a cité des noms, que j'entendais pour la première fois, à part Patrick Demarchelier, qui, je le savais, était à l'origine de la carrière de Claudia Schiffer.

Elle parlait tellement vite qu'au bout d'un moment j'ai un peu décroché. Quand je suis revenue dans la conversation, j'ai présenté Mamina comme ma future avocate en croyant me donner de l'importance. Quelle idiote j'étais ! Elle n'y a même pas prêté attention. Elle a sorti sa carte de visite et me l'a tendue.

– Appelez-moi à n'importe quelle heure du jour ou de la nuit. Si je ne réponds pas, laissez-moi un message et je vous rappellerai très vite. Surtout, promettez-moi de le faire.

– Oui, madame, je veux bien *monter* à Paris faire des essais.

La honte ! Je m'étais mise à parler comme une provinciale. Mais qu'est-ce qui m'avait pris ? Elle allait tourner les talons, quand soudain elle s'est retournée.

– Dans mon enthousiasme, je ne vous ai même pas demandé votre nom ni votre âge.

– Jeanne Danicourt. J'ai 19 ans.

Elle m'a dévisagée à nouveau.

– Jeanne Danicourt… Je crois que je n'ai jamais croisé un visage comme le vôtre, mademoiselle, jamais.

Je me suis sentie rougir.

– Alors je compte sur vous. Venez à Paris. L'agence prendra en charge tous vos frais de voyage et d'hébergement sur place, cela va de soi. Vous n'avez à vous inquiéter de rien, a-t-elle ajouté dans un sourire protecteur avant de s'éloigner.

Mamina aspirait son Coca en me fixant, les yeux écarquillés.

– Oh là là, j'y crois pas, la star !!! Tu vas vraiment le faire ?

Qu'est-ce que j'avais à perdre ?

Un an et demi plus tôt, j'avais obtenu mon bac avec mention « très bien », et depuis je glandais. Mon emploi du temps se partageait entre activités sportives et cours de théâtre. Je lisais beaucoup, j'allais pas mal au cinéma, bref je tournais en rond. Désœuvrée et sans problèmes d'argent. Éléonore le déplorait. Je sentais bien que je la décevais, qu'elle aurait aimé que je poursuive mes études, mais je n'avais aucune idée de ce que je voulais faire de ma vie. Rien d'excitant pour l'instant.

De temps en temps, elle me proposait de l'aider, et j'en étais plutôt flattée. Je gérais les reportages photo et vidéo des plus beaux biens, mais je ne me voyais pas finir dans la peau d'un agent immobilier. D'autant que je ne cessais de me faire draguer par des clients. Le dernier en date ne doutait de rien. À peine entré dans l'appartement, il était allé droit au but, le butor : « Si c'est pour y habiter avec vous, je l'achète tout de suite ! »

Si tu savais ce que je m'en fous, mon mignon, de toi et de tes millions…

– Et pourquoi pas ? ai-je répondu à Mamina. Plus j'y pense, tu vois, plus ça peut me plaire ! C'est même le plus sûr moyen de retrouver Frédéric ! Devenir tellement célèbre qu'il aura forcément envie de me revoir. J'avais pas pensé à ça.

Mamina a hoché la tête.
– Tu as des infos sur sa sortie de prison ?
– D'après le détective, c'est pour bientôt, mais toujours pas de date précise.
– Je n'en peux plus, Mamina, je meurs de le revoir, tu comprends ça ?
– Oui, j'imagine.
– De toute façon, je sais qu'il pense toujours à moi.

Mamina soupire.
– Oui, je sais, moi aussi. Tous les jours à 16 heures…
– On n'en finira jamais avec cette histoire, Jeanne, tu verras qu'à la fin ça va te coûter un max d'argent.
– Je m'en fous, de l'argent. Mon grand-père m'en envoie tous les mois. Je *dois* le retrouver, Mamina. Je vais devenir folle, sinon. Tiens, tu veux savoir à quel point ?

Et j'ai balancé ma réplique du cours de théâtre :

Dans un mois, dans un an, comment souffrirons-nous, Seigneur, que tant de mers me séparent de vous ?

Que le jour recommence et que le jour finisse sans que jamais Titus puisse voir Bérénice,

Sans que de tout le jour je puisse voir Titus ?

Mamina me sourit et me prend les mains :

– Toi alors, quand tu t'y mets…

38

Juin 2004
L'envol des oiseaux

Mamina

Ils ne l'ont pas su, ils le sauront plus tard, ou peut-être jamais, mais ces deux-là ont quitté le nid le même jour, le 15 juin 2004.

Frédéric

Cette porte qui s'ouvre, j'en ai tellement rêvé.

J'ai tout imaginé. Le parking désert, la couleur du ciel, la voiture qui m'attendrait. La voiture immatriculée en Grande-Bretagne, avec ma sœur au volant.

Quand je suis sorti à 10 heures du matin, sous un ciel bleu, c'était exactement comme dans mon rêve. En levant les yeux, j'ai vu passer un avion et j'ai souri. Cela faisait une éternité que je n'en avais pas vu un de l'extérieur. Pas de la promenade, non, du dehors. Du vrai monde.

Ah putain que c'est bon de respirer à l'air libre ! C'est fou, il n'a pas le même goût !

Un bruit de moteur me fait sursauter. Une portière claque et Maureen jaillit de la voiture. Elle court vers moi. Elle m'enlace, me serre de toutes ses forces. Je sens ses larmes couler dans mon cou.

– Merci, merci d'être venue, Poppy !

– Frédéric, mon Frédéric !

Elle se détache de moi, me prend par les épaules et me regarde en souriant. Ses larmes continuent de couler, en même temps qu'elle éclate de rire.

– Je te l'avais promis, qu'un jour je viendrais te chercher !

Je l'embrasse encore.

– T'es la plus forte, Poppy, t'es la plus forte. Allez, on y va !

– *Let's go*, my brother !

Maureen a tout respecté. La voiture et le trajet. Direction Douvres. J'avais envie de rentrer en Angleterre par le ferry, et de voir une dernière fois la campagne française avant de découvrir celle d'outre-Manche, que je connaissais à peine. Vivre mes premières heures de liberté sur un bateau, respirer le vent du large, tirer un trait sur un passé qui n'est déjà plus le mien. Revivre, tout simplement revivre.

À peine installés dans la limousine, Maureen s'est tournée vers moi.

– Ça va ? Tu te sens comment ?

– Ça va très bien, ça va même aller de mieux en mieux, dis-je dans un sourire, en étirant les bras derrière ma tête.

– Envie de parler ?

– Pas tellement. Plutôt envie de t'écouter, en fait.

Pendant le voyage, elle m'a parlé de tout et de rien. Des anecdotes du quotidien, de sa vie, de ses enfants, de son mari. Comme si elle avait peur des silences entre nous. Peur des questions qu'elle n'osait pas encore poser. Au bout de vingt minutes, elle a craqué.

– Et Jeanne, tu vas chercher à la revoir ?

Elle ne m'a pas laissé le temps de répondre.

– Oui, c'est évident que tu veux la revoir ! Mais comment tu vas t'y prendre ?

– Je ne la reverrai pas avant d'être redevenu un homme, Poppy.

– Mais de quoi tu parles ? Tout de suite les grandes phrases ! Tu es un homme à ce que je sache !

– Comprends-moi : aujourd'hui, je n'ai rien à lui offrir, je ne serais qu'un fantôme qui revient dans sa vie.

– N'importe quoi ! Ou alors tu ne l'aimes plus. C'est ça ?

– Je suis fou d'elle, Maureen. Mais… je ne peux pas. Pas tout de suite.

– Tu ne peux pas dire un truc pareil, enfin ! Ça n'a aucun sens !

– J'attends de la revoir depuis si longtemps que je peux bien attendre encore un peu…

– Mais c'est quoi, « un peu » ?

– Je ne sais pas. Un mois ou un an, ça n'a pas d'importance.

– Et elle, tu y penses ?

– Crois-moi, je ne pense qu'à elle.

– Elle t'attend forcément. Ce n'est pas juste, ce que tu fais, Frédéric.

– J'espère bien qu'elle m'attend. Mais j'ai besoin de temps, et ça ne changera rien entre nous. Après, j'aviserai.

– Franchement, tu me fais penser à un môme à qui on achète une paire de chaussures, et qui les planque tout en haut de l'armoire par peur de les porter.

J'ai éclaté de rire.

– Bien vu, ma Poppy! Mais laisse-moi faire les choses à ma manière. Bientôt, je te surprendrai, tu verras...

La tête appuyée contre la vitre, j'ai regardé les nuages cavaler dans le ciel. Le vent qui soufflait maintenant par rafales sur la carrosserie promettait une traversée chahutée sur le Channel. Qu'importait la météo, le vent avait la couleur de la liberté retrouvée. La couleur invisible. La couleur transparente. La mienne.

***

Éléonore

Je regarde les photos qui défilent sur mon ordinateur. Je suis ravie !

L'appartement est magnifique, vraiment. Pas très grand. Une espèce de loft au dernier étage. Avec vue sur les arbres de l'hôtel particulier à côté, c'est fou ! On se croirait à la campagne, alors qu'on est rue de Prony, en plein Paris ! Et ce petit balcon accolé à la chambre, c'est absolument charmant ! On pourra mettre une table pour deux. Il y a juste la place. Elle va être bien ici, c'est sûr. Elle avait l'air contente en tout cas quand je lui ai dit que c'était fait. Il faut dire que ça n'a pas été très compliqué pour moi de lui dénicher un appartement. Pas avec mon réseau. J'ai hâte que Jeanne le voie. J'espère qu'elle va s'y sentir chez elle.

Cette petite mérite d'être enfin un peu heureuse.

Les premiers jours, lui arracher un sourire a été un parcours du combattant ! Franchement, je ne pensais même pas y arriver !

En revanche, c'est pour moi que ça va être difficile maintenant. Je me suis tellement habituée à sa présence, à nos dîners en tête à tête, à nos séances de cinéma assises l'une à côté de l'autre, à nos balades sur les hauteurs de Nice le week-end. Pendant tous ces mois, j'ai eu l'impression d'avoir une fille à moi. Et j'ai adoré ça. J'espère que Jeanne ne va pas m'oublier trop vite. Je sais bien qu'elle n'a que son Frédéric en tête. Je me demande où il en est… Il va bien sortir un jour. Pourvu qu'ils réussissent à se retrouver…

Jeanne, c'est un vrai mystère.

J'ai beau l'aimer de tout mon cœur, j'avoue que je ne la comprends pas. On a l'impression qu'elle se fout de tout quelquefois.

Comme la déco par exemple, c'est son premier appartement quand même, et elle n'a même pas cherché à y mettre un peu de soi. Rien, non, rien. Quand je l'ai interrogée sur ses préférences, elle m'a dit : « Tout ce que tu voudras, pourvu qu'il y ait un matelas par terre et une douche en état de marche, le reste m'est complètement égal. »

Elle est drôle quand même.

Parce que pour la voiture, là, par contre, elle a eu des exigences. « Petite et décapotable, j'aimerais bien. » Et quand je lui ai demandé de m'accompagner chez le concessionnaire Mini, elle a eu l'air enchantée. Et dire qu'elle voulait la payer elle-même ! Non mais, vraiment, si je ne peux même pas la gâter encore un peu, je suis sa marraine, non ? Déjà que je n'ai pas eu le droit de payer son loyer ! Papa lui envoie de l'argent tous les mois, c'est ce qu'elle m'a dit. Combien, elle n'en parle pas.

C'est sûr que Jeanne ne va manquer de rien. Mais à moi si, Jeanne va me manquer. Affreusement.

Jeanne

J'ai la gorge serrée.

La silhouette d'Éléonore disparaît peu à peu dans le rétroviseur. Ma marraine est un ange. J'ai une chance folle de l'avoir. Je ne pensais pas que la séparation serait si difficile, je me suis beaucoup plus attachée à elle que je ne l'imaginais. Elle m'a accueillie sans poser la moindre question, sans me juger. Elle m'a traitée comme si j'étais sa propre fille, alors que ma mère, elle, m'a fichue dehors ! Je m'en fous, je ne veux plus jamais la revoir. Ni elle ni mon père. Éléonore s'est occupée de tout. Me trouver un appartement à Paris, elle est allée jusqu'à me le faire meubler. Franchement, peu de gens de mon âge ont autant de facilités. Il va falloir que je me montre digne de tout ça.

J'adore le bruit du moteur. J'adore cette voiture ! Je me demande quelle tête Mamina va faire en la voyant !

Éléonore et moi l'avons choisie ensemble, gris clair avec des rayures bleu foncé. Elle est canon ! C'est la première fois que je conduis seule si longtemps, mais je lui ai promis de m'arrêter en route, je lui ai promis aussi de l'appeler tous les jours. J'ai baissé la capote, j'écoute la musique à fond, je fais la grande, mais au fond de moi je suis morte de trouille. Paris, mon appartement, l'agence de mannequins, ça fait beaucoup. Je sais m'adapter, d'accord, et il n'y a donc aucune raison pour que ça se passe mal. Aucune. Alors pourquoi j'ai la sensation de me jeter au milieu d'un océan en furie ?

Mamina

Dans son célèbre roman, Colleen McCullough a écrit que les oiseaux se cachent pour mourir. C'est possible.

Jeanne et Frédéric, eux, ont décidé de se cacher pour revivre.

Ils auraient pu se croiser quelque part, guidés par le hasard, et connaître un happy end attendu comme les films nous en proposent tous les jours sur les écrans de cinéma.

Seulement voilà, la vie n'est pas comme dans les films, c'est bien pour ça que les scénaristes et les romanciers se donnent tant de mal à essayer de nous faire croire le contraire.

SECONDE PARTIE

« Tous les acteurs portent un masque.
Certains disent même qu'il est fondu dans leur visage
au point de lui ressembler. »

Laurence Olivier

39

Février 2015
Au-dessus de l'Atlantique

Jennifer referme le livre.

Elle l'a lu à toute vitesse pour en connaître la fin. Et puis, à peine refermé, elle a décidé de le relire encore, plus posément cette fois, elle a même encadré des paragraphes entiers avec son rouge à lèvres.

Trois cents pages d'une histoire d'amour pareille, c'est tout simplement incroyable. Elle est folle du sujet, et encore plus de l'écriture de William Westwood. L'héroïne, elle en est tombée amoureuse. En deux lectures à peine, elle s'est approprié le rôle. Cette professeure, c'est elle. Ça ne peut être que pour elle. En plus, elle a l'âge parfait pour l'interpréter, elle la voit vivre, sait comment l'habiller, comment la faire bouger, elle entend sa voix, imagine son passé, ses gestes, sa coiffure, son maquillage, elle sait tout, elle ressent tout.

La passion qui dévore les personnages, elle l'a éprouvée une fois dans sa vie. Une seule fois. Et les larmes lui montent aux yeux. Comme à chaque fois qu'elle pense à lui. Ne mélange pas tout, se dit-elle. Ce n'est pas ton histoire, ça n'a rien à voir avec ce que tu as vécu, non. Les sentiments sont les mêmes. Ça s'arrête là.

Elle a chaud tout d'un coup, elle se lève de son siège, elle va aux toilettes se passer un peu d'eau sur le visage, elle se sourit dans le miroir, elle reste excitée par ce qu'elle vient de découvrir, ce rôle, ce film, c'est d'une telle évidence qu'elle a l'impression de l'avoir tourné il y a longtemps. Elle va se rasseoir, épuisée par tout ce qui lui est passé par la tête. Elle envie Cécile, qui continue de dormir profondément, elle va essayer de l'imiter. Elle ferme les yeux, expire doucement, et quelques minutes plus tard, enfin, elle s'endort, un sourire enfantin au coin des lèvres.

Quatre heures, elle n'a pas dormi plus de quatre heures, maintenant elle est tout à fait réveillée.

Non, elle n'a pas rêvé, elle se souvient très bien de ce qu'elle a lu avant de s'endormir.

Maintenant il faut qu'elle en parle à quelqu'un. Elle attrape le bras de Cécile, le secoue doucement. Cécile retire son masque, se frotte les yeux, légèrement dans les vapes :

– Qu'est-ce qui se passe, Jen ? Tu n'as pas dormi ?

– Si, un petit peu, mais ce n'est pas le sujet. Le sujet, c'est ce bouquin, je l'ai lu deux fois et je veux que tu le lises au plus vite !

Elle se redresse sur son siège avec une tête de prise en faute. Elle reconnaît la couverture.

– Je l'ai lu la semaine dernière, avoue-t-elle en se mordant les lèvres, mais je n'ai pas osé t'en parler. Excuse-moi.

– Quoi ? Tu as lu ça et tu ne m'as rien dit ? Tu l'as fait exprès ?

– J'ai eu peur, lui répond Cécile. Peur de te replonger dans une histoire aussi proche de la tienne. Peur qu'elle fasse ressurgir des souvenirs trop personnels...

Elle connaît cet épisode de sa vie, alors elle a cru bien faire.

– Mais c'est tout le contraire, « Rainbow », tout le contraire ! Tu n'as rien compris, ma vieille, c'est un exorcisme pour moi, cette histoire... Je sais bien que je ne reverrai peut-être jamais Frédéric, alors tu sais quoi, je vais faire de ce roman un film extraordinaire. Tu vas voir ce que tu vas voir !

Elle l'a appelée « Rainbow ». Ce surnom, elle l'adore.

C'est Jennifer qui l'a trouvé, à force d'entendre les Anglo-Saxons déformer son nom de famille, Rimbaud, en « Rainbow ». Arc-en-ciel. Être son arc-en-ciel, Cécile en rêve... Comme à Berlin, il y a sept ans.

Quand Jennifer, épuisée par le défilé Prada, n'avait pas réussi à dormir et était venue gratter à sa porte. Cette nuit-là, Cécile n'est pas près de l'oublier. Elle se souvient de chaque seconde. Elle se revoit ouvrir la porte de sa chambre en petite culotte, et Jennifer se faufiler dans son lit. « Je n'arrive pas à dormir. Je peux rester avec toi ? » Cécile avait dit oui et s'était allongée à son côté. Au début, elle osait à peine la toucher. Et puis elle avait posé sa main sur ses cheveux, les avait caressés pour l'aider à se détendre. Une caresse en avait entraîné une autre, et elle avait fini par poser ses lèvres sur les siennes. Cécile n'est pas tombée amoureuse d'elle cette nuit-là, elle l'était bien avant, mais elle ne le lui avouera jamais.

Elle a trop peur de s'entendre dire que cet amour n'est pas partagé.

D'ailleurs, au matin, Jennifer s'est détachée d'elle comme s'il ne s'était rien passé, elle a filé dans sa chambre. « À tout de suite dans la salle du petit-déjeuner, Rainbow. Grouille-toi !» Et voilà. Depuis, Cécile n'ose pas donner de nom à cette relation épisodique, qui se renouvelle au hasard du désir de Jen…

– Bon, dès qu'on arrive à Los Angeles, tu appelles l'éditeur, tu lui dis que j'aimerais adapter ce roman au cinéma. Ensuite, tu joins Mamina pour qu'elle négocie les droits et débloque des fonds. Après ça, tu rappelles l'éditeur pour qu'on le rencontre au plus vite. S'il le faut, on changera nos billets de retour et on passera par Londres, t'as tout compris ?

Comme d'habitude, elle donne ses ordres avec le sourire, et malgré l'ambiguïté de leur lien, Cécile n'oublie jamais qu'elle reste son employée.

Avec Mamina, c'est différent. Sa complicité avec Jen remonte au lycée, elle connaît tout de sa vie. C'est elle qui a été chargée de retrouver Frédéric. Elle qui gère les contrats, les royalties, le merchandising, tout ce qui touche de près ou de loin aux intérêts de Jen. Yasmina

Chagourni, Cécile Rimbaud, les deux piliers sur lesquels repose la « firme Jennifer Jones ».

– Tout est bien clair pour toi ? Tu percutes ?

Cécile baisse les yeux, un peu vexée, Jen laisse filer quelques secondes avant de reprendre :

– Allez, Rainbow, ne fais pas cette tête-là. L'arc-en-ciel n'existe qu'à cause de l'orage, ne l'oublie jamais, dit-elle en mimant un baiser envoyé du bout des lèvres.

40

Paris, juin 2008
Le photographe

Justin Hammer, photographe de mode

Belle comme un chapeau de paille posée sur la plage arrière d'une Bentley des années 1960.

C'est le flash que j'ai eu d'elle en la voyant la première fois qu'elle est entrée dans le studio. Elle a traversé la salle en enjambant les parapluies de lumière que j'avais disposés au sol pour la séance précédente, avançant prudemment avec quelque chose de félin dans la démarche. Elle regardait autour d'elle, sans vraiment sembler prêter attention à ce qu'elle voyait. Je l'ai tout de suite trouvée étrange, presque dérangeante.

Aussi lisse que cinglée.

Tout au long des années où j'ai travaillé avec elle, j'ai gardé le sentiment d'avoir devant moi une folle ravissante, un truc que je n'avais jamais connu auparavant.

Il m'est arrivé d'organiser avec elle des séances de shooting qui commençaient à 6 heures du matin, que ce soit dans la campagne italienne, sur une plage de Normandie ou dans une réserve au fin fond du Kenya, elle débarquait toujours quelques minutes avant la pause, pas coiffée ni maquillée.

Ces matins-là, elle donnait vraiment l'impression d'un oiseau tombé du nid. Le look débraillé à peine sorti du lit, c'est elle qui l'a imposé dès le premier jour, et le plus dingue, c'est que les bookers l'ont tous accepté.

En trois, quatre ans, elle est devenue l'un des top models les plus demandés par les couturiers.

Et on ne peut pas dire qu'elle était motivée par le montant de ses prestations. Tout le monde savait dans la profession qu'elle travaillait à 50 % du tarif de ses consœurs. Ça n'était pas pour leur « piquer une affaire », non, elle était comme ça. Elle ne bossait pas pour l'argent, elle donnait l'impression d'en avoir toujours eu. Il lui arrivait même de poser gratuitement pour des stylistes débutants dont elle appréciait le talent.

Tous ses rendez-vous ne s'organisaient que par l'intermédiaire de son agent, Cécile Rimbaud, l'incontournable « Rainbow », comme elle l'appelait. Une rumeur courait qu'elles étaient aussi inséparables sur les plateaux que dans la vie. Moi, je m'en foutais. Tout ce qui m'importait, c'était qu'elle soit aussi charmante et disponible pendant les séances. Et on ne peut pas dire que je l'ai particulièrement ménagée. Pourtant je peux affirmer sans prétention avoir été son photographe préféré.

Enfin, j'ai la faiblesse de le croire.

À plusieurs reprises, elle a réussi à m'imposer auprès d'un client. Privilège rarissime, dont je lui ai toujours été reconnaissant. C'est son côté mec, je crois, qui m'a tellement plu. Jamais de caprices, ni de lassitude, ni de remise en question de mes clichés.

Elle me faisait confiance et je pense ne l'avoir jamais déçue.

Ce qui était fun avec Jen, c'est que, tout au long de notre complicité professionnelle, elle prenait un malin plaisir à corriger systématiquement mes fautes de français. C'était un jeu entre nous. Surtout quand on dînait au restaurant, elle me tendait la carte, elle insistait pour que je passe la commande, elle savait que j'allais me planter sur les mots, et ça la faisait rire aux éclats.

– Please, Jen, tu sais bien que je parle affreux le français.

– C'est vrai, mon vieux Justin, tu as encore d'immenses progrès à faire, mais je ne te lâcherai pas jusqu'à la fin. *Believe me*…

L'ombre d'un instant, je l'ai vue songeuse, l'air mélancolique.

– Figure-toi qu'il y a quelques années j'ai eu un amant d'origine britannique qui parlait parfaitement le français, d'ailleurs, pour tout te dire, il l'enseignait.

– Et il était comment, ton amant anglais ?

– Inoubliable, *my dear*, inoubliable. C'est fou, ce que tu me fais penser à lui quelquefois, et ça me fait du bien…

Et puis elle a rajouté, au bord des larmes :

– Non, je suis une menteuse, Justin, la vérité, c'est que ça me fait du mal, un mal de chien. Mais comme dit Rhett Butler dans *Autant en emporte le vent* :
« C'est le passé, Ashley, ne le réveillons pas. »

41

Septembre 2008
Kensington Garden

Frédéric

Au début de mon séjour à Londres, j'ai rôdé dans toutes les boîtes borderline de la ville.

Une mise en immersion dans la musique du moment. Je rattrapais le temps perdu.

J'ai découvert *You're Beautiful* de James Blunt, qui me rappelait les balades des années 1970. Coldplay, je m'en souviens de ce drôle de groupe. *Twenty Five*, une compilation de George Michael. David Gilmour, *On an Island*, ce bon vieux Gilmour toujours fidèle à sa légende, le fondateur de Pink Floyd n'avait perdu ni la main ni l'oreille. À l'écouter, je m'étais senti rajeunir au milieu de cette faune étrange de jeunes gens tatoués, aux cheveux décolorés. Rien qui ne m'incitait à la moindre aventure sexuelle. Moi aussi, je rêvais d'une île.

Je continue à déambuler dans les rues, avec ma mine de papier mâché.

Il faut dire que je passe mon temps, enfermé dans mon bureau, à relire mes notes, à recouper des chapitres et à remplir inlassablement des pages d'écriture sur des cahiers grand format. Le mois dernier, j'ai retrouvé l'adresse du Marquee, ce club où Jimi Hendrix a fait ses débuts. Le quartier a changé par rapport aux photos de l'époque. Les immeubles de briques rouges se mêlent aux vestiges des vieilles bâtisses victoriennes.

C'est là que j'avais choisi de planter le décor d'*Alexandra*, au tout début de la carrière de mon héroïne, avant qu'elle devienne une star mondiale.

Mon roman, j'en suis enfin venu à bout, mais cette foutue *Alexandra* peut se vanter de m'avoir mangé le cerveau ! Elle a fait de moi un zombie, un asocial, un type qui ne parle plus à personne, sauf à ma famille. Je leur dois tant. À commencer par ce logement, ces enveloppes remplies de cash que je trouve discrètement posées sur mon bureau, et cet indéfectible soutien que je lis dans les yeux de ma sœur, ou de son mari, Jeremy, quand j'ose me mêler à eux le temps d'un dîner.

Cette fois, ça y est. Je vais bientôt pouvoir regagner le monde des vivants, après m'être infligé trois ans de prison de plus. Enfermé dans le petit deux-pièces que Maureen a aménagé pour moi, au dernier étage de leur hôtel particulier de Kensington Garden.

Jamais je n'oublierai. Impossible.

Jamais je n'oublierai Jeanne non plus. Mon Dieu, non. J'ai peut-être mis son existence entre parenthèses, mais pas une fois je n'ai oublié notre rendez-vous de 16 heures, même si ça peut paraître un peu ridicule.

Enfin si, pour être honnête, pendant la rédaction du livre, cette parenthèse a eu un nom, elle s'appelait Suzann O'Neill. Une rousse aux yeux verts de 35 ans, avec la sensualité des héroïnes de James Hadley Chase.

C'est Jeremy qui l'a dénichée pour moi. Il affirmait que c'était la meilleure traductrice de Londres, et c'est vrai. Mon anglais avait depuis longtemps perdu de ses couleurs, alors je lui dictais en français, et elle retranscrivait le tout dans un style et un vocabulaire parfaits.

Souriante, ponctuelle, elle sonnait tous les jours à 14 heures à ma porte, me gratifiait d'un bonjour enjoué, et devinait à ma tête si j'avais passé la nuit à travailler comme une bête. Elle nous préparait un thé au jasmin dans la kitchenette du studio, un rituel immuable. Je m'amusais à la regarder faire, elle allait s'asseoir au bureau d'architecte que Maureen m'avait offert, chaussait ses lunettes de vue, allumait l'écran de l'ordinateur et la séance pouvait commencer. En général, on s'arrêtait vers les 7 heures du soir. J'appréciais qu'elle ne soit pas dérangée par mes cigarettes, Suzann fumait aussi, mais beaucoup moins que moi, qui arpentais la pièce comme un lion en cage, mes feuillets à la main.

De temps en temps, je m'arrêtais pour entrouvrir le vasistas, sinon on se serait vite crus engloutis par le brouillard londonien. Pendant un mois et demi, elle est venue cinq jours par semaine, selon le contrat que nous nous étions fixé.

Et puis un jour, tout a basculé.

En voulant écraser ma cigarette dans le cendrier à côté de l'ordinateur, je me suis un peu trop penché vers elle et j'ai posé une main sur son épaule. Ma main s'y est attardée plus qu'elle n'aurait dû. Je me souviens du frisson qui a parcouru son corps, et de son cou que je me suis mis à caresser doucement. Elle s'est levée, s'est retournée et m'a embrassé.

Un baiser comme une évidence. Presque une formalité pour faire retomber la tension érotique qui s'était peu à peu installée entre nous. Et tout aussi naturellement, Suzann a attrapé un préservatif dans son sac et m'a entraîné vers la salle de bains. Pas la chambre, je ne sais pas trop pourquoi, mais j'en ai été soulagé. Peut-être parce que, sur mon lit, la relation aurait eu une autre signification. Peut-être… Ce jour-là, je ne me suis pas comporté en vrai gentleman, loin de là. Après ces années passées sans avoir touché une femme, je l'ai pilonnée comme un soudard contre le rebord du lavabo. Nous nous sommes rajustés ensuite comme deux collégiens, à la fin elle a eu l'élégance et l'humour de minimiser l'événement en rejoignant son bureau.

– Soyez sûr, cher ami, que la capote était anglaise, mais la partenaire irlandaise, j'espère que vous n'êtes pas trop déçu !

Nous sommes partis d'un fou rire, avant de reprendre notre séance de travail comme si de rien n'était. Au moment de partir, elle m'a embrassé sur la joue, et elle est revenue le lendemain tout simplement.

Dès que l'envie nous prenait, nous avons fait du « sexe ensemble », jusqu'à la fin du roman, sans que cela altère jamais notre complicité professionnelle. « *Make sex together* », c'était son expression, il lui arrivait de le chantonner.

Pendant toutes ces séances, je dois avouer que Suzann est restée un mystère au cœur du mystère de cette histoire.

À aucun moment, je n'ai surpris chez elle un geste, un regard attendri à mon encontre. Si elle a été, ne serait-ce qu'un instant, un peu amoureuse de moi, je ne l'ai jamais su. Si de mon côté j'ai éprouvé par mégarde le moindre sentiment pour elle, je ne le lui ai jamais avoué. Bien plus tard, quand le roman a été publié, qu'elle a lu son nom en tête des personnes remerciées, elle m'a envoyé un petit mot écrit de sa main.

« *Good work together*, on a bien travaillé ensemble.

Signé : *the Irish girl*, l'Irlandaise. »

42

Octobre 2008
Parc Monceau

Jennifer

J'adore m'asseoir dans le parc Monceau et regarder les enfants se précipiter vers le manège en criant de plaisir.

Ce manège, c'est l'image de ma vie. L'innocence en moins, les rituels en plus. Hocyn, mon coach, m'a dit un jour que les rituels servent à juguler les angoisses. Ne pas les laisser déborder. Il a sans doute raison…

Cela fait trois ans que j'habite dans le quartier et, dès que je suis là, je fais toujours le même tour des rues, et du parc. J'ai dû user le trottoir à force de faire le même trajet. Passer la grande grille de la rotonde, face à la rue de Prony, m'écrouler sur le dernier banc de l'allée sur la gauche, d'où je peux apercevoir le petit lac où s'ébrouent les canards, les pigeons, et… le manège. Je porte toujours la même tenue. Mon vieux jogging gris informe et ma vieille paire de Nike dont je n'arrive pas à me séparer. Seule ou avec Hocyn. Comme dit une de mes copines mannequins, « le sport... faire ça ou peigner la girafe, après tout il faut bien s'entretenir et soigner la vitrine ! ». Hocyn m'entraîne, il me fait faire de la musculation, de la boxe et du stretching.

On se retrouve toujours au bout de la piste goudronnée, normalement réservée aux amateurs de skateboard et de patins à roulettes. Et quand il fait suffisamment beau, il me fait faire ses exercices à même la pelouse. Avec, dans mon champ de vision, les mêmes sportifs improbables. Je ne dois pas être la seule à être angoissée...

Depuis mes débuts dans la profession, j'essaie de garder le contrôle sur tout.

Y compris sur les produits auxquels je prête mon image. Que ce soient des complexes vitaminés ou des crèmes rajeunissantes, je n'accepte le contrat qu'après les avoir testés. Ça peut prendre trois ou six mois, le temps de faire enrager Cécile. « Qu'est-ce que t'es pénible pour ça ! » Mais déjà que je ne suis que dans le paraître, si en plus mon image est assimilée à un produit nul, alors je ne servirai vraiment à rien !

Il commence à pleuvoir. Je remonte la capuche de mon sweat-shirt et je pars à petites foulées. Pas beaucoup de courage aujourd'hui. Pas envie de rentrer tout de suite. Non plus.

Et puis j'ai une heure à tuer avant mon dîner.

Allez, cinq tours encore et après stop ! Toujours les mêmes magnifiques hôtels particuliers qui défilent dans la contre-allée de l'avenue Vélasquez, et toujours la même envie d'en habiter un, un jour. « Pourquoi ne le fais-tu pas ? me dit Mamina. Tu as suffisamment d'argent maintenant ! » Elle a raison, mais, pour habiter là, il faudrait avoir fondé une famille avec des enfants, et pourquoi pas un chien. On dirait que tout le monde en a un dans le quartier. Et puis surtout il faudrait avoir un mari. Mais un mari, ça veut dire Frédéric. Et où peut-il être, celui là ? Allez, accélère la foulée, et pense à autre chose.

J'ai beau multiplier les amants, je suis incapable d'aimer un autre homme que lui. Petite montée d'adrénaline.

Le dernier tour, je le fais en sprintant. Et puis je m'arrête, les mains sur les hanches, le souffle court. Ça suffit pour aujourd'hui. Je rentre.

En sortant de la douche, je me laisse tomber sur le canapé, et j'allume le grand écran du salon. Les nouvelles défilent sous mes yeux, mais je m'en fous. Rien ne m'intéresse.

Je zappe, je m'arrête un instant sur le clip de *Miss You* des Rolling Stones. Et ce titre me ramène encore à Frédéric. La vérité, c'est que tout me fait penser à lui. J'attrape la bouteille d'eau posée sur la table basse, je bois à même le goulot et j'expire. Je passe les mains sur mon visage en retenant un cri d'exaspération. J'en ai marre ! Je ne comprends pas pourquoi il ne me contacte pas. Il faut que j'appelle Mamina, qu'elle renvoie ce foutu détective que je paie une fortune et qui n'arrive à rien. On ne s'évapore pas de la surface du globe aussi facilement quand même ! Et s'il était mort, je le sentirais. J'en suis sûre.

Non, Frédéric est quelque part, je finirai bien par le retrouver.

Je jette un coup d'œil à ma montre, je passe dans la chambre, il est temps que je m'habille pour mon rendez-vous.

Un musicien américain qu'Alexander McQueen m'a présenté il y a quelques jours, après le défilé. Plutôt beau garçon, un peu grand à mon goût, peu importe, je ne compte pas faire ma vie avec lui. Finir au lit peut-être, mais ça s'arrêtera là. Il m'a paru mignon avec son petit air timide. Mignon, mais j'ai à peine entendu le son de sa voix.

Verts ou bleus, ses yeux ? Je ne sais plus au juste. Mais un beau regard, ça je m'en souviens. Je me demande de quoi on va bien pouvoir parler... De musique, évidemment. De Barack Obama peut-être. Pas trop, j'espère parce que, la politique, je n'y connais pas grand-chose... Si ça se trouve, on parlera très peu et il voudra me proposer un dernier verre dans sa chambre. Pourquoi pas ? Elle doit être pas mal, sa chambre, au Royal Monceau...

En fait, je pourrais tout aussi bien rentrer après le dîner, il y a des hommes à qui ça fait peur, une fille qui couche le premier soir.

Et moi, faire peur aux hommes... j'aime bien.

43

Novembre 2008
Éditions Sussex

Décapant. Fantasque. Délirant.

Quel qualificatif trouver pour exprimer ce qu'il ressent ? L'éditeur Andrew Reynolds ne trouve pas. Le manuscrit d'*Alexandra* l'a tenu éveillé une bonne partie de la nuit. Impossible de le lâcher. Pour un insomniaque comme lui, ce n'est pas un problème, mais cela fait bien longtemps qu'il n'avait pas ressenti un tel choc. Cinq ans ? Dix ans ? Ça lui rappelle… Et puis non, ça ne lui rappelle rien du tout, c'est unique, totalement original. Mais, bon Dieu, où l'auteur est-il allé chercher une histoire pareille ? Comment peut-il savoir tout ça ? Il doit appartenir au monde du show business… Pourtant, son nom ne lui dit absolument rien.

Frédéric Durban ? Non, inconnu au bataillon.

Le texte lui a été envoyé par l'un de ses meilleurs amis, Jeremy Sunlake, un financier de la City.

Mais quel rapport avec ce Frédéric Durban ? D'ordinaire, Andrew Reynolds se méfie des recommandations de ses amis. La plupart du temps, cela aboutit à une publication de complaisance, qui ne dépasse jamais les huit cents exemplaires, et encore... Deux ou trois fois dans sa vie, il s'est laissé tirer par la manche, il l'a toujours regretté. Il ne faut jamais céder. À l'arrivée, tout le monde est déçu, à commencer par l'auteur, qui n'obtient aucun succès.

Jeremy Sunlake s'est contenté de lui dire au téléphone : « Je te fais passer le manuscrit d'un type original, je crois que ça devrait t'amuser, et peut-être même t'intéresser... »

C'est bien plus que ça ! Il est prêt à jouer sa chemise sur *Alexandra*, il anticipe déjà une adaptation cinématographique du roman. À 70 ans passés, Andrew Reynolds retrouve un enthousiasme et des ambitions de jeune homme. Il passe un coup de fil à sa secrétaire pour lui demander de prendre rendez-vous avec ce fameux Frédéric Durban. Puis il se lisse plusieurs fois les cheveux en arrière, ce qui trahit chez lui un signe de préparation à l'action.

*

Le lendemain après-midi, Frédéric est ponctuel au rendez-vous.

Devant lui, un petit immeuble du quartier de Paddington, avec une plaque noire un peu rouillée qui signale discrètement qu'il abrite au cinquième étage le siège des éditions Sussex. L'ascenseur un peu vieillot fait un bruit de monte-charge. Il est accueilli par une secrétaire au chignon impeccable, qui l'introduit sans tarder dans le bureau directorial.

– Merci d'être venu si rapidement, cher Frédéric, enchanté de faire votre connaissance. Prenez place, je vous en prie.

L'homme qui s'est levé pour le saluer porte de longs cheveux blancs coiffés en arrière. Il a un visage émacié, des petites lunettes rondes cerclées de métal, posées sur un nez aquilin. John Lennon aurait sans doute eu le même visage au même âge, se dit Frédéric en s'asseyant face à lui.

– Je ne vais pas vous faire de long discours, je vous ai fait venir pour vous dire que j'adore votre roman, et que j'ai bien l'intention de le publier.

Frédéric sent son cœur s'emballer, l'autre l'observe.

– Merci, monsieur, c'est beaucoup d'honneur.

– Non, cher ami – permettez-moi de vous appeler ainsi, parce que j'espère bien devenir votre ami autant que votre éditeur –, l'honneur n'a rien à voir là-dedans, mon vieux, je crois que vous avez écrit un best-seller, et moi, je vais vous aider par tous mes moyens à le faire exister.

Andrew Reynolds le jauge du regard et sourit intérieurement en le voyant se passer une main dans les cheveux. Une manie qu'ils ont donc en commun, se dit-il.

– Vous m'en voyez ravi, monsieur.

– Laissez tomber le « monsieur », je m'appelle Andrew.

– Très bien, Andrew, je suis à votre entière disposition.

Frédéric parcourt la pièce du regard. Des livres partout. Au sol, sur le bureau, dans la bibliothèque. Il y en a jusque sous les fenêtres.

– Mis à part quelques situations litigieuses concernant vos protagonistes célèbres, qui pourraient nous valoir un procès – on va quand même faire gaffe à tout ça, le service juridique va s'en occuper –, votre roman est passionnant, l'histoire est folle. Mais où êtes-vous allé piocher cette histoire, mon vieux ? Et puis d'abord, faisons connaissance, d'où venez-vous ?

– De France, monsieur…

Il sc rcprend :

– De France, Andrew, j'ai la double nationalité franco-britannique.

– Très bien, et quels rapports entretenez-vous avec Jeremy Sunlake ?

– C'est mon beau-frère.

Frédéric lit la surprise sur le visage de son éditeur.

– Ça alors ! Et où habitez-vous ?

– Pour l'instant chez eux, dans une dépendance du troisième étage.

– Je suis allé plusieurs fois dîner chez votre sœur, et pourtant je ne vous y ai jamais croisé !

– Effectivement, j'essaie de me faire le plus discret possible, peut-être que, ces soirs-là, je travaillais dans mon bureau.

– Et vous l'avez écrit en combien de temps, ce petit chef-d'œuvre ?

– Je dirais trois ans, et même un peu plus, si je considère le temps que j'ai mis à trouver l'idée, à construire le scénario.

– Et où étiez-vous, avant Londres ?

Devant cet homme atypique, qui semble affranchi de toute convention sociale, qui ponctue toutes ses phrases avec des « et », Frédéric décide de jouer cartes sur tables. Il y va à l'instinct. Ce type le rassure, lui inspire confiance.

À l'aube d'une vie nouvelle, il n'a pas envie de tricher, et de toute manière, tout finit toujours par se savoir.

– En prison, Andrew, j'étais en prison, j'y suis resté un peu moins de trois ans.

L'éditeur marque un temps d'arrêt. Il retire lentement ses lunettes et hausse les sourcils.

– Merci pour votre franchise, Frédéric. Je comprends que ça vous ait donné du temps pour laisser vagabonder votre imagination, et bon Dieu, de l'imagination, vous en avez à revendre. Sachez que ce que vous venez de m'apprendre ne change rien pour moi, ça reste entre nous, et je n'ai pas à connaître les raisons de votre incarcération.

– Si, justement, c'est important pour moi que vous connaissiez mon histoire. Vous avez le temps de l'entendre ?

Andrew se cale au fond de son fauteuil, les mains croisées.

– Allons-y, je vous écoute…

Alors, Frédéric se confie, dans le détail et sans complaisance sur son passé. À la fin de son récit, il scrute la réaction d'Andrew. Après un long silence et un profond soupir, ce dernier fronce les yeux en s'adressant à lui d'un ton faussement sentencieux.

– Cher ami, non seulement vous êtes un merveilleux écrivain, mais en plus vous êtes, après moi bien entendu, le dernier des grands romantiques… Donc un type totalement perdu pour la société pragmatique qui nous entoure ! Si je ne vous prends pas sous mon aile, je risque l'inculpation de non-assistance à personne en danger. Alors mon choix est vite fait, dit-il, en lui tendant généreusement la main.

Ils éclatent de rire. À compter de ce moment, au milieu du capharnaüm de ce bureau, tous deux savent d'instinct qu'une amitié vient de naître. Andrew reprend la parole dans un français presque sans accent.

– Bon, revenons à nos moutons. Ce sujet, il t'est venu comment ? Et tu permets qu'on passe au tutoiement direct ? On ne va pas se la jouer entre nous ?

Frédéric lui sourit et acquiesce vigoureusement de la tête.

– En fait, il se trouve que je suis un dingo de la pop music des années héroïques, 1960, 1970, 1980.

Andrew lui coupe la parole :

– OK, ça, je l'ai bien compris, et ce looser que tu finis par transformer en chanteuse internationale, ça vient d'où, cette idée ?

– Du fond de ma cellule et de mon ennui. Un jour, je me suis imaginé dans la peau d'Alexander Craig, et j'ai commencé à écrire.

– Alexander Craig, chanteur anglais, rejeté de toutes les auditions, s'entend reprocher à chaque fois sa voix trop aiguë. « Vous chantez comme une fille, ça ne marchera jamais. » Marqué par son look androgyne, lassé de toutes ces rebuffades, il décide un matin d'aggraver son handicap : un chirurgien esthétique réputé adoucit les traits de son visage. Quelques semaines plus tard, tout le monde le prend pour ce qu'il est devenu, Alexander s'appelle désormais Alexandra. Neuf mois après, « elle » est signée par CBS Record, son premier album se classe dans le Top Ten aux USA et en Angleterre. Inutile de se faire mettre des implants pour avoir des seins, son allure asexuée devient son image de marque. Alexandra revendique d'autant plus son homosexualité qu'Alexander-Alexandra a gardé la même petite amie qu'au temps de ses années galère, Leslie, qui partage son secret. Leslie, devenue une de ses choristes. Tout le showbiz applaudit à cette romance. Le tour de passe-passe est complet, autant que les salles de spectacle où elle se produit à travers le monde. Alexandra rivalise bientôt en ventes d'albums avec toutes les stars de son époque, Madonna, Elton John, Rolling Stones, Bee Gees, qu'elle fréquente. Elle devient leur amie, quelquefois leur confidente. Elle va même enregistrer des duos avec la plupart de ces célébrités, beaucoup de ces pop stars masculines ont tenté de coucher avec elle, mais elle reste définitivement fidèle à sa compagne, et pour cause…

– J'ai trouvé ça génial, enchaîne Andrew. C'est la mystification parfaite, la supercherie absolue. Jamais un faux pas, jamais la moindre erreur… Et où as-tu trouvé toutes ces anecdotes ? On a l'impression d'être immergé au milieu de ces gens-là, de chapitre en chapitre, on vit, on rêve, on chante à côté d'eux…

– J'ai écouté tout Bob Dylan, tout les Beatles, tout les Stones, tout Elton John, tout Pink Floyd, tout David Bowie, tout Jimi Hendrix, pour ne citer que les plus célèbres. Pendant des semaines et des semaines, j'ai collecté des milliers d'articles les concernant. J'ai décortiqué des centaines d'interviews, j'ai fait parler des photographies de l'époque, Barry Feinstein par exemple, quand il suit Bob Dylan dans la Rolls de son producteur Albert Grossman entre Denver et New York, j'ai des confidences de Joan Baez, de Joni Mitchell, de Sam Shepard pendant la tournée de Rolling Funder Review en 1975, et même des déclarations inédites de Suze Rotolo, la première compagne de Bob Dylan.

J'ai picoré dans l'ouvrage de Peter Brown et Steve Jaines, *Yesterday les Beatles*, j'ai piqué des scènes de vie dans *Life* de Keith Richards, écrit en collaboration avec James Fox, j'ai même consulté *Les Derniers Jours de John Lennon* de Frederic Seaman, j'ai réussi à retrouver un dialogue entre Brian Epstein, manager des Beatles, et Andrew Loog Oldham, celui des Rolling Stones, j'ai des indiscrétions sur Elton John et Madonna que personne n'a jamais révélées. C'est bien simple, les remerciements et crédits devront comporter une dizaine de pages à la fin du livre, mais je pense avoir écrit un ouvrage de référence sur toute la pop-rock musique de ces années-là.

Ça m'a demandé cinq ans de recherche et de travail acharné presque jour et nuit. Le destin d'*Alexandra,* au milieu de tout ça, c'est juste un prétexte, c'est limite anecdotique. Tout ce que je raconte a eu lieu à un moment ou à un autre. Moi, je me suis contenté de les remettre en scène au plus près pour ne pas trahir leurs pensées les plus intimes.

Ces gens-là, je les aime tous, de la star montante à la star déchue. D'ailleurs, quand *Alexandra* mettra fin à sa carrière au sommet de sa gloire, et qu'Alexander et Leslie iront s'installer discrètement à Los Angeles pour commencer une nouvelle vie, ça ne durera pas. Il est trop accro à la musique.

Et quand quatre ans plus tard Alexander Craig réapparaîtra incognito, barbu et chevelu, avec un nouvel album, sous son vrai nom, il n'obtiendra aucun succès. C'est dingue, non ?

– Et la boucle est bouclée, mon ami, c'est presque une fable moraliste ! s'exclame Andrew en se tapant dans les mains.

– Je ne sais pas, répond Frédéric, c'est surtout un constat sur la dérision de la réussite, sur la vanité des choses, un rien devient une étoile et l'étoile retombe en poussière. Comme le chantait John Lennon, « *And we all shine on like the moon, like a star, like the sun* ».

– Moi, c'est cette plongée en apnée dans ce monde de cinglés qui m'a séduit, Frédéric. Ça m'a rajeuni de quarante ans de retrouver la musique de ma jeunesse dans ce *road movie* incessant. J'te garantis que si tous les fans de ces gens-là sont aussi curieux et nostalgiques que moi, on risque de faire un gros gros succès mon garçon !

Au même moment, Andrew repousse son fauteuil et sort d'un placard de son bureau une bouteille de Famous Grouse, son whisky écossais préféré.

Il attrape deux verres et appelle sa secrétaire.

– Helen, apportez-nous un seau de glaçons, s'il vous plaît.

Ils boivent, détendus, en portant des toasts successifs aux héros de la pop mondiale, ils finissent par s'arrêter avant d'être complètement saouls. Andrew regarde Frédéric dans les yeux.

– Mon petit gars, je vais te faire dans la semaine une proposition de contrat et d'à-valoir que tu ne pourras pas refuser. Tu pourras demander conseil à Jeremy, je crois qu'en plus d'être un habile financier, il a aussi été un très bon avocat en son temps.

Frédéric se sent rassuré et s'enhardit :

– Et moi, je peux te demander un truc en plus, Andrew ?

– Demande toujours, on verra bien.

Frédéric se repasse une main dans les cheveux, décidément…

– Voilà, c'est délicat, mais, pour la parution de ce livre, j'aimerais pouvoir changer de nom.

– Un pseudonyme ? Je comprends parfaitement ta démarche, et pour moi, ça ne pose aucun problème.

– Non, tu ne comprends pas, Andrew, je voudrais que tu m'aides par tous les moyens possibles à devenir William Westwood pour de vrai. C'est le nom que j'ai choisi pour mon nouvel état civil.

Andrew lève les bras au ciel et le regarde, songeur.

– En fait, tu es complètement raccord avec ton héros, Alexander Craig, quand il cherche à devenir *Alexandra*, sauf que toi, si je comprends bien, tu ne voudras plus jamais t'appeler Frédéric Durban, c'est ça ? Et il n'y aura pas de retour à ton ancienne identité, on est bien, d'accord ?

– C'est exactement ça, Andrew, je me doute de la complexité de l'entreprise, mais c'est exactement ça.

Andrew se balance légèrement en arrière, contre le dossier de son fauteuil, et le regarde en hochant la tête.

– Je savais bien que, pour écrire une histoire pareille, il fallait que tu sois un peu cinglé toi aussi, mais là, reconnais que tu places la barre un peu haut, mon ami. Seulement, comme disent les Français, tes demi-compatriotes, tu es également un « putain de chanceux » ! Et puisque tu as eu l'honnêteté et la franchise de me raconter ta vie, laisse-moi te dire à mon tour ce qu'a été la mienne, juste pour la partie qui t'intéresse, sinon, crois-moi, ce serait beaucoup trop long.

Il ressert à chacun un fond de whisky et tend son verre à Frédéric pour trinquer.

– Écoute ça, mon garçon, et ouvre bien tes oreilles ! Figure-toi que, durant ma drôle d'existence, je n'ai pas toujours été éditeur, non, dans ma première vie, à la fin de mes études à Oxford, j'ai été approché par les services secrets de Sa Majesté pour y être engagé. Eh oui, ne fais pas cette tête-là, c'est comme ça. Résultat : douze ans de bons et loyaux services dans le renseignement. Certains de mes amis, ayant grimpé très haut dans la hiérarchie, me « doivent encore un peu », comme on dit chez les voyous, alors, de vrais-faux papiers, je pense, entre nous, que c'est toujours faisable, ajoute-t-il avec un petit sourire mystérieux.

Frédéric l'écoute parler, éberlué, il n'en revient pas. L'émotion et le whisky se mélangent dans sa tête. Et Andrew reprend :

– Vous autres, les écrivains, vous avez du talent pour créer des personnages. Eh bien nous, dans les services secrets, nous avions le savoir-faire pour les aider à disparaître… Et je crois que c'est encore d'actualité. Redis-moi comment tu veux t'appeler, déjà ?
– William Westwood.

Andrew écrit le nom sur un bloc-notes posé devant lui.
– Ma secrétaire te rappellera dans quelque temps pour régler tous les petits détails administratifs, photos, empreintes, etc., etc., tu verras bien. William Westwood, William Westwood, répète-t-il, moi ça me plaît bien, ce nom-là.

Il se lève pour le raccompagner à la porte en lui tapotant l'épaule.

– Au fait, tu ne m'as pas dit qui a travaillé avec toi sur la traduction ? Parce qu'il y a bien eu traduction ou je me trompe ?
– Non, en effet, c'est une jeune femme que Jeremy m'a présentée, elle s'appelle Suzann O'Neill.

Le visage d'Andrew s'éclaire d'un air satisfait.
– Ah, eh bien ça, ça ne m'étonne pas, tu vois. Suzann, c'est la meilleure. Je l'appellerai pour lui faire signer une clause de confidentialité et je verrai directement avec elle pour ses émoluments, du coup, tout sera en ordre avant la parution.

Une lueur de tendresse dans les yeux, il ajoute :

– Alors, mon ami, je crois qu'en deux heures nous avons pas mal avancé sur le projet, non ?

Frédéric lui rend son sourire, il ne sait pas comment lui montrer sa reconnaissance. Il le prend par le bras.

– Merci pour tout, Andrew, franchement merci et merci encore. Je peux te demander une dernière faveur ?

– Allez, dis-le vite.

– N'oublie pas mon permis moto, Andrew, *please*.

44

Mars 2009
Cornouailles for ever

Frédéric

Assis dans le train, je tourne et retourne mes nouveaux papiers « officiels ». Passeport, permis auto, permis moto, carte d'identité, tout y est. C'est fascinant, je n'arrive pas à quitter des yeux l'imprimatur de mon nouveau patronyme.

Frédéric Durban n'existe plus. Il est mort.

Désormais, je suis vraiment William Westwood.

Andrew Reynolds a été d'une efficacité remarquable.

Et ce qui est drôle, c'est que maintenant que je suis devenu un autre, il me cache. Il fait barrage sur toute demande d'interview, radio, journaux, télé, close-up. Mon changement d'identité l'a visiblement inspiré, il a décidé que je n'existais pas. Ou plutôt que j'existais dans un flou artistique, sur lequel il fait la mise au point comme bon lui semble. D'après la biographie qu'il m'a inventée, je suis franco-américain, j'ai 42 ans et non 48, j'ai été prof de lettres dans le Michigan, mais il ne dit pas où. Il est seulement précisé que je suis célibataire, ce qui est vrai, que je vis dans les Cornouailles, ce qui n'est qu'un demi-mensonge, puisque je vais régulièrement dans le manoir de mon beau-frère et de Poppy, quand je suis saturé d'écriture… Andrew a brodé une légende autour de moi.

Face aux journalistes, il a trouvé la formule magique :

« Avec William Westwood, on ne peut que supposer et lire ! »

En deux mois d'« anti-promotion », tous les journaux du Royaume-Uni ou presque ont chanté mes louanges, et les ventes ont commencé à décoller.

Andrew me dit qu'il reçoit des demandes de traduction d'un peu partout, sauf de la Corée du Nord et de la Chine, mais il reste confiant. Calé dans son bureau, il gère les coups de fil et les SMS qu'il reçoit comme un trader de la City, un sourire de contentement sur les lèvres. Ce succès est aussi le sien. Il y est pour beaucoup. Quelle idée géniale de me présenter comme un auteur mystérieux et invisible !

– Pars retrouver tes Cornouailles enchanteresses, mon cher William, tu l'as bien mérité. Mais n'oublie pas de m'appeler pour les classements de la semaine prochaine, maintenant que tu es devenu mon pur-sang préféré, j'ai provisoirement arrêté de jouer aux courses…

Je décèle dans ses paroles la fierté d'avoir gagné son pari, et puis peut-être aussi une sorte de tendresse bourrue à mon égard, qui me le rend chaque jour plus attachant.

En tournant les yeux il y a cinq minutes, j'ai aperçu une femme sur la travée d'en face en train de lire mon roman. Ça m'a gonflé d'orgueil. J'ai eu très envie d'aller lui parler, mais je me suis retenu à temps.

Pas facile de se souvenir qu'on n'existe pas !

Le vent qui balaie la lande m'a décoiffé dès la descente sur le quai. Cette région, je l'aime plus que tout au monde. Des balades sur les sentiers côtiers aux plages de sable fin entre les à-pics des falaises, tout est sublime. Il y a même un Mont-Saint-Michel anglais qui ressemble étrangement à son homologue français ! Je l'ai découvert l'année dernière.

À la sortie de la gare, je prends un taxi pour rejoindre le manoir de Poppy et Jeremy. Il est à Saint-Ives, au-dessus d'une falaise sculptée par le vent et la mer. Les guides touristiques prétendent que c'est une région hantée par les légendes celtes et le fantôme du roi Arthur. Peut-être qu'un jour j'aurai moi aussi une maison à moi face à l'Atlantique, à côté d'ici.

Tout dépend de vous, chère *Alexandra,* tout dépend de vous …

Ce matin, je me suis réveillé tard. Il y a longtemps que je n'ai pas aussi bien dormi. Kathleen, la femme du gardien, m'a préparé un solide petit-déjeuner. Bacon, *scrambled eggs*, pancakes, thé Earl Grey, bref, tout ce qu'il faut pour commencer une bonne journée, malgré la bruine incessante qui tombe sur le jardin. Repu comme un ours, je décide d'appeler Maureen à Londres.

– Tu as fait bon voyage, Frédéric ? Tout va bien à la maison ?

– Tout est parfait, Poppy. Comme d'habitude.

– Et le temps pour le week-end, qu'est-ce que ça dit ?

– Imperméable lui aussi, comme d'habitude…

Je l'entends rire au téléphone.

– Et tu comptes faire quoi aujourd'hui ? demande-t-elle.

– Je ne sais pas trop. Tondre la pelouse ou me tuer à moto, je n'ai pas encore choisi…

– Arrête de dire des trucs pareils ! Je te déteste quand tu es comme ça

– Je sais, je sais… et c'est pour ça que je t'aime, Poppy.

Dans le garage, je retrouve, coincée entre la Jaguar collector de Jeremy et le vieux Land Rover de ma sœur, la Triumph Bonneville 350 cm^3 qu'ils m'ont offerte il y a trois ans pour mon anniversaire.

J'attrape le jerrican d'essence, un entonnoir, et je fais le plein. Le niveau d'huile est nickel. La moto démarre au quart de tour. En partant, je laisse le casque dans le garage.

La pluie s'est arrêtée de tomber et j'adore rouler à fond, cheveux au vent, sur les petites routes qui longent la mer. En la démarrant, je pense aux courses effrénées à moto avec Paul Winslow près de Versailles… L'odeur de la terre et des arbres de la forêt de Rambouillet…

L'odeur du corps de Jeanne. Versailles, c'est Jeanne. Et Jeanne, c'est Versailles.

Maintenant, je vais essayer de la reprendre. Maintenant que mon livre est publié, j'ai envie de devenir riche et célèbre pour elle. Qu'elle soit fière de moi. Que l'on puisse reprendre notre histoire là où elle n'aurait jamais dû s'arrêter. Je vais la retrouver et je lui donnerai rendez-vous dans un café parisien. Je viendrai en avance, juste pour la voir arriver. Oui, je l'attendrai, je la verrai tourner la tête, me chercher des yeux dans la salle… Et puis je me lèverai, elle m'apercevra et viendra se jeter dans mes bras. Je ne soufflerai qu'un seul mot. Son prénom. Ce prénom que j'ai usé à force de le murmurer depuis toutes ces années… Et puis, je la serrerai contre moi.

Jeanne, Jeanne, Jeanne, pour l'éternité.

J'en oublie la route, bordel, je roule trop vite !

Grisé par le vent qui plaque mes cheveux en arrière, je fredonne dans ma tête un vieux tube de Dylan : « *Hey, Mr Tambourine Man, play a song for me, I'm not sleepy and there is no place I'm going to.* » J'arrive en haut de la côte. Un dernier virage avant le carrefour. J'accélère. Tout à coup, une camionnette rouge devant moi. Qu'est-ce qu'elle fout là, cette conne ? Pas le temps de freiner. Coup de guidon à gauche. Gaffe au ravin !

Coup de guidon à droite. Rochers sur le bas-côté ! Je tape.

Moto cabrée, roue libre, elle retombe déséquilibrée. Je m'y accroche encore, vingt mètres plus bas. Nouveau rocher, énorme celui-là.

Choc de plein fouet. Moto couchée, fracassée.

Odeur d'essence. Explosion. Incendie.

Et puis c'est fini pour moi.

L'accident a duré trois ou quatre secondes, pas plus.

Le chauffeur de la camionnette s'est précipité en bas dès qu'il a compris. Mais l'incendie est tellement puissant qu'il n'arrive pas à s'approcher. La chaleur lui brûle le visage, les mains, il étouffe avec la fumée. Il s'y reprend à plusieurs reprises, essaie d'éteindre le feu avec son blouson. Il a des cloques sur les mains et les avant-bras. Il appelle les pompiers de son portable. Il le leur raconte, le répète encore et encore.

Il a fait tout ce qu'il a pu…

L'accidenté n'avait aucun papier sur lui. Seule la plaque d'immatriculation à moitié calcinée a permis de retrouver l'assuré de ce véhicule, un certain Jeremy Sunlake, domicilié à Londres.

Le mort-vivant est évacué à l'hôpital de Truro, puis transféré dans l'après-midi par hélicoptère vers un centre spécialisé dans le traitement des grands brûlés, la clinique Victoria, dans la banlieue londonienne.

*

Quand ils arrivent sur place, Maureen, Jeremy et Andrew ne sont pas autorisés à le voir. Il a été placé en soins intensifs, il est perfusé de partout.

Maureen se précipite vers le staff des infirmières au deuxième étage.

– Les médecins vont venir vous parler dans quelques instants, madame, je vous propose de les attendre ici dans mon bureau.

– Son état est grave, mademoiselle ? Il s'agit de mon frère…

Elle parle d'une voix sourde au bord des larmes.

Maureen n'a pas pu s'empêcher de lui saisir les mains. Elle la regarde, suppliante, en guettant une réponse qui ne vient pas. L'infirmière lui répond :

– Les médecins sont en route, madame. Mais soyez rassurée, un prêtre est auprès de lui depuis son arrivée dans le service…

C'était la phrase à ne pas dire. Maureen pousse un hurlement en se jetant dans les bras de Jeremy. Andrew, lui, ne cesse de répéter :

– Comment c'est possible, mon Dieu ? Comment c'est possible, un truc pareil ?

Il reprendra vite le contrôle de la situation pour mettre en place dans les vingt-quatre heures qui suivent un black-out total autour de l'accidenté.

Effondrés de douleur, ils ne voient pas les deux médecins qui s'avancent et se présentent à eux.

– Professeur McKinley et professeur Hartmann, l'infirmière nous a prévenus que vous êtes sa famille. Nous allons donc vous donner toutes les informations dont on dispose concernant le blessé que nous avons recueilli en début d'après-midi.

Ils ont les traits tirés, on les sent soucieux. Le premier qui s'est présenté prend la parole :

– Tout d'abord, nous ne pouvons pas vous cacher que l'homme qui est hospitalisé en réanimation se trouve dans un état critique messieurs-dame.

Il est interrompu par les sanglots de Maureen, Jeremy l'entoure de ses bras.

– Vu la gravité de ses brûlures, il a été plongé dans un coma artificiel. La radiographie a montré qu'il avait des fractures multiples aux bras et aux jambes, la vésicule biliaire a éclaté, son larynx a été fortement écrasé, ses cordes vocales presque arrachées, mais pour nous le plus préoccupant reste ses brûlures…

– Il est perdu, gémit Maureen, serrée contre Jeremy.

Le chirurgien se veut plus rassurant

– Restons positifs, madame, les soixante-douze heures à venir seront déterminantes. La bonne nouvelle, c'est que son cerveau et sa moelle épinière ont été miraculeusement épargnés. Croyez-moi, c'est le plus important.

Il marque un temps

– S'il s'en sort, commence le médecin…

Andrew refoule bruyamment ses larmes.

– S'il s'en sort, disais-je, son rétablissement sera long et difficile. Il va lui falloir subir d'innombrables greffes de peau.

– Même sur le visage ? demande Maureen.

– Oui. Le visage surtout.

Un silence et il reprend.

– Son visage ne sera plus jamais le même. Pardon d'être aussi direct, mais pour l'instant je n'ai pas d'autre diagnostic à vous communiquer. Vous serez bien entendu tenus informés de l'évolution de son état, nous serons joignables à tout moment.

Les deux médecins leur serrent la main avec un signe de tête compatissant, avant de retourner vers le couloir des urgences. Andrew et Maureen restent prostrés sous la lumière blafarde du bureau de l'infirmière en chef, tandis que Jeremy rattrape le Pr McKinley.

– Une dernière question, docteur. Sur une échelle de 1 à 10, à combien pouvez-vous évaluer ses chances de survie ?

– Difficile à dire… Peut-être 2 ou 3… Je ne peux m'avancer plus. Mais sachez que nous allons faire tout notre possible, monsieur.

À travers ses larmes, Jeremy ne voit plus qu'une blouse blanche qui s'éloigne comme un fantôme sous les néons.

*

William ne sortira du coma qu'au bout de cinq semaines. Il passera pratiquement quatre années entre les salles d'opération et le centre de rééducation.

Après chaque intervention de chirurgie esthétique, son visage sera recouvert de bandelettes.

On aura beau cacher les miroirs, il s'apercevra parfois dans le reflet des vitres de la clinique.

Et cela le plongera dans un profond désespoir.

45

Mai 2013
L’homme invisible

William

J’attends ce moment depuis des mois et des mois.

J’ai peur. Je sais que mon visage n’est plus le même, je l’ai bien compris. Avec toutes ces bandelettes autour, j’ai l’impression d’être un monstre. Je sens les doigts du médecin sur mes joues, il les retire une à une avec d’infinies précautions. Je sens la peau qui tire en dessous, et ma peur me fait presque trembler.

– Vous pouvez ouvrir les yeux, maintenant.

Je me rends compte que je les ai gardés fermés tout le temps qu’a duré cette délicate opération. Je sens la main chaude du médecin sur mon bras. Il me tend un miroir.

– Prenez votre temps, allez-y tout doucement. Tout doucement.

Je m'exécute. Mon visage est fripé. Tordu. Le feu a dévoré mes paupières, mon nez et mes lèvres. Celle du haut est comme grignotée. Je ne ressemble plus à rien.

– Eh bien, on dirait que j'ai subi le lifting de l'année, non ?

J'essaie de faire de l'humour, mais je lutte contre l'effroi.

Moi qui voulais changer d'identité, je suis allé jusqu'au bout du processus... Les yeux rivés dans la glace, je n'ose plus scruter le reste de mon visage.

– On dirait un bonze tibétain qui s'est immolé en place publique et qui a raté son coup, vous ne trouvez pas ?

J'explose d'un rire sarcastique pour ne pas m'effondrer. Je sens le médecin se raidir.

– Je plaisante, docteur, je plaisante. Merci pour tout ce que vous avez fait pour moi, vous, vos collègues et toutes les infirmières. Merci du fond du cœur. Et maintenant, est-ce que je n'aurai pas droit à un petit verre de champagne à partager avec vous tous ?

J'ai l'impression d'avoir un masque de cire. Mon visage n'a presque plus d'expression. Quant à ma voix, elle n'est pas toujours intelligible. Ça, je le sais depuis longtemps maintenant. J'ai la sensation d'avoir été propulsé dans le corps d'un vieillard. Mon tibia de la jambe gauche a été réduit, ce qui entraîne un boitillement, mais je m'en accommode. Mon bras gauche n'a pas retrouvé toute sa motricité, pas encore. Ils m'ont promis que ça reviendrait.

Miraculeusement, alors que cet accident aurait dû me tuer, mon cerveau et mes facultés intellectuelles sont restés intacts. « L'éclat de ton regard aussi », me répète Poppy alors que je porte en permanence des lunettes noires. « Le charme de ton sourire n'a pas changé », ajoute-t-elle, bien que je ne puisse plus sourire de toutes mes dents, entièrement refaites.

Elle a passé des semaines, des mois à mon chevet, elle en a presque occulté la gravité de mes blessures. Je ne suis pas mort, mais je ne vaux guère plus.

Andrew Reynolds, fidèle parmi les fidèles, a été extrêmement présent à mes côtés pendant ces quatre dernières années. D'abord anéanti et révolté devant cet « ange mutilé », c'est la première image qui lui est venue à l'esprit quand il m'a revu, qu'il m'a reparlé pour la première fois, il s'est vite ressaisi et a mis toutes ses relations médicales les plus compétentes à la manœuvre.

Tout au long de mon calvaire, il a été l'ami le plus proche, il m'a veillé comme un fils, il a poussé ma chaise roulante dans tous les couloirs de l'hôpital, m'a fait la lecture quand je ne pouvais plus lire. Il m'a promené tant de fois en toutes saisons dans ce parc aux arbres centenaires qu'il en connaît, comme moi, les moindres recoins.

Jamais je n'aurais imaginé avoir une relation aussi forte avec lui depuis notre première rencontre.

Quand j'ai recommencé à marcher, d'un pas hésitant, c'est le bras d'Andrew qui m'a soutenu. Il a eu mille et une attentions à mon égard, il ne m'a laissé tomber qu'une fois. Une seule et unique fois pendant laquelle, je crois, il m'a détesté. C'était quelques jours avant ma sortie. Nous étions assis sur un banc, à l'écart, quand je lui ai demandé :

– Si je te demandais de m'aider à me supprimer, Andrew, tu le ferais, réponds-moi franchement ?

Scotché par la question, Andrew m'a regardé un peu ahuri, puis s'est levé, furieux, un doigt pointé sur moi.

– Ne me demande jamais ça, William, tu m'entends ? Plus jamais, c'est hors de question, pauvre fou ! D'accord ?

Effrayées par le ton de sa voix, des corneilles qui picoraient sur la pelouse se sont envolées brusquement. J'ai eu honte.

Honte de ma vulnérabilité, honte de l'avoir laissée paraître, honte d'avoir mis mon ami dans une telle situation.

– Je te demande pardon, Andrew, vraiment pardon. Je suis désolé, ne m'en veux pas.

Il a fait quelques pas dans l'allée pour se calmer, avant de revenir s'asseoir à côté de moi. Ce moment-là m'était trop dur à vivre.

Je venais d'être enfermé pour la seconde fois de mon existence, mais cette fois-ci aucun espoir n'était permis.

L'accident m'avait tout pris. Mon visage, mon corps, mon avenir.

Que restait-il de moi ? Rien.

Les larmes coulaient sur mes joues ravagées. J'avais peur de revenir dans le monde des vivants, et Andrew me fixait, désespéré. Je sais qu'il aurait donné n'importe quoi pour me sortir de cette dépression qui me rongeait inéluctablement.

– J'essaie d'imaginer ce que tu ressens. J'essaie de me mettre à ta place. Sans doute devrais-je me lamenter sur ton sort, te prendre dans mes bras et pleurer avec toi. Mais j'ai mauvais esprit. Je ne dis pas que ce qui t'est arrivé n'est pas effroyable, non, mais ne compte pas sur moi pour te prendre en pitié, et m'adresser à toi en te disant « mon pauvre William ». Ça non. J'en suis incapable. En revanche, j'ai plutôt envie de t'appeler « mon riche William », parce que tu es l'auteur le plus blindé de tous les auteurs blindés que je connaisse, mon salaud !

Il a trouvé le moyen de me faire à moitié sourire.

– À ce point-là, tu crois ? Comment tu le sais ?

Andrew a tapé dans ses mains et écarté les bras devant lui :

– Tu as vendu des millions et des millions de livres. Tu étais un auteur mystérieux au démarrage. Et par la force des choses, tu l'es resté. Mais ta légende est inarrêtable ! Et puis demande à ton beau-frère, mon vieux, c'est lui qui tient les cordons de ta bourse. Je pense qu'il a multiplié par trois ou quatre le montant des droits d'auteur que je te verse ! Je peux te dire qu'il est costaud celui-là, quelle fripouille !

Il enchaîne, optimiste, presque enjoué :

– De toute manière, dès que tu sors d'ici, tu te remets au boulot. Je reçois une tonne de courrier pour toi. Tes lecteurs commencent à se demander ce que tu fous !

– Tu parles, ils ne connaissent même pas mon visage ! Mais sois rassuré, ce nouveau livre, je viens de le terminer. Ça t'épate, ça ? Il est là, ai-je répondu en me tapotant le front. Figure-toi que j'ai eu tout le temps d'y gamberger. Et pour cause. Laisse-moi quelques mois pour l'écrire, et après ça, j'irai me présenter à mon public…

Andrew a un geste de recul et hausse les sourcils en se passant les mains dans les cheveux.

– Sans déconner ? Tu ferais ça ?

Il se rapproche un peu plus de moi.

– Tu parles sérieusement, William ?

– Tout ce qu'il y a de plus sérieux. Si tu n'as pas peur d'être l'éditeur de Quasimodo et de Freddy réunis, on va mettre fin à l'anonymat de William Westwood. J'ai envie de revivre au grand jour, on va lever le voile du mystère. Tu pourras convoquer tous les médias de la terre, si ça te fait plaisir !

L'esprit humain est curieusement fait. Le mien en tout cas. Quelques minutes plus tôt, j'étais au fond du gouffre. Je n'en pouvais plus d'une vie qui n'était qu'une succession d'échecs, de fiascos à mes yeux. Et tout à coup, en l'entendant me parler de mes ventes, de mes lecteurs, l'envie est revenue. L'envie de bouffer la vie à pleines dents. Et si les miennes étaient désormais fausses et ne tenaient que grâce à la chirurgie, peu m'importe ! J'avais trop longtemps été privé de ma liberté. Plus question de tourner en rond comme un poisson dans son bocal en me lamentant. Il était temps de se ressaisir et de se montrer au balcon.

– Tu es sûr de toi ? C'est vraiment ce que tu veux ? Pas de précipitation, on a le temps d'en reparler, mon ami.

– *Yes, sir !* Même avec une gueule pareille, ai-je répondu en me tenant la mâchoire entre deux doigts.

Andrew m'a écouté, sidéré.

– Souviens-toi de ce qu'a dit Danton à son bourreau face à la guillotine : « Tu montreras ma tête au peuple, elle en vaut la peine. »

46

Août 2011
Le crash

Jeanne

Le drame a eu lieu à environ trois kilomètres de la propriété d'où l'hélicoptère venait de décoller à Saint-Jean-Cap-Ferrat. Le pilote a heurté une ligne électrique à haute tension.

Un classique, hélas, dans ce genre de catastrophe. L'enquête va devoir déterminer les causes de l'accident.

Ils ont tous été tués sur le coup. Mon grand-père, Augustin de Prémont, ma grand-mère, Émilie, et leur fille cadette, Héloïse. Ma mère. Le pilote aussi. Je ferme les yeux.

La musique résonne dans l'église, j'essaie de calmer les battements de mon cœur pour reprendre mon souffle et arrêter de sangloter. C'était il y a quatre jours. Autour de moi, des personnalités. Trois ministres en exercice, qui ont été accueillis sur le parvis de l'église

Saint-Vincent-de-Paul par le président du Sénat, Gérard Larcher. C'était un ami intime de mon grand-père. Tout ce que le département des Yvelines compte de notables, de députés, de sénateurs, tous sont présents. Dans la maison de Dieu pleine à craquer, l'organiste joue inlassablement le « Jésus, que ma joie demeure » de Jean-Sébastien Bach en attendant que les huissiers aient fini de placer tout le monde dans un concert de murmures et de paroles attristées. À travers les vitraux, le soleil éclaire les bancs des fidèles. Et au milieu de tous ces gens, une femme est assise incognito. Moi. Je me suis habillée et grimée en vieille dame, et je me suis assise près de l'entrée. Personne ne m'a vue m'installer, personne ne m'a vue quitter les lieux après la levée des corps. Personne ne m'a reconnue. Même Éléonore est passée devant moi sans me voir. Et plus étonnant, nous nous sommes heurtées. Ma tante s'est excusée, je me suis dit alors que j'étais devenue une vraie comédienne. Mon chagrin, lui, est réel. Je suis dévastée par leur mort. Sidérée. Je n'arrive pas à y croire. Et pourtant, elles font la une des *Nouvelles de Rambouillet*. Et sur toutes les chaînes info en continu, on commente cet effroyable accident.

Le lendemain matin, le téléphone d'Éléonore s'affiche sur mon portable. Elle m'a déjà laissé deux messages pendant que je dormais : « Jeanne, pardon de te le dire comme ça, mais je suis outrée que tu ne sois pas venue aux obsèques ! »

Il y a de la colère dans sa voix.

Je finis par rappeler.

– Bien sûr que j'y étais !

– Mais je ne t'ai pas vue… qu'est-ce que tu racontes ?

– Tu veux que je te dise ce que tu portais, ce que portait mon père. Tu veux savoir les mots prononcés par le prêtre. Le panégyrique qu'il a fait de mon grand-père…

– Mais comment… comment c'est possible ?

– Ah oui, tu ne te souviens pas de la vieille dame que tu as bousculée à l'entrée de l'église ? Eh bien c'était moi, figure-toi, et tu ne m'as pas reconnue…

Éléonore laisse échapper une exclamation de surprise totale.

– Mais pourquoi ? Qu'est-ce que ça veut dire, Jeanne ? Je ne comprends pas… Pourquoi tu ne m'as pas parlé ? Je… Je suis un peu suffoquée par ton attitude.

– Je ne pouvais pas, marraine. Je ne pouvais pas. J'ai cru bien faire. Je me suis dit que papa ne voudrait pas me voir… Et puis je me suis dit aussi que Jennifer Jones ne va pas aux enterrements.

– Pardon, mais tu te prends pour qui ?

Éléonore explose littéralement.

– Tu n'en as pas assez de te cacher derrière ton personnage ? Tu ne crois pas que ça suffit maintenant ?

Elle soupire dans le téléphone.

– Écoute, ma petite, ton métier d'actrice a sans doute fait de toi une virtuose dans l'art de la dissimulation, mais tu ne pourras pas toujours te cacher derrière

Jennifer Jones. Moi, ce que j'aimerais, c'est pouvoir parler à ma filleule Jeanne Danicourt, tu comprends ça !

– Pardon, Éléonore. Je n'ai pas su quoi faire, je me suis sentie perdue…

– D'accord, m'interrompt ma tante. Il faut croire que je n'existais plus. Eh bien maintenant, puisque c'est à Jeanne que je parle, je t'informe que les décès de ta mère et de ton grand-père font de toi une héritière très très fortunée. Tous les avoirs de mon père vont être partagés en trois parts égales : ta mère, moi et toi. Il m'en avait parlé, il voulait qu'il en soit ainsi. Il tenait à ce que tu ne sois pas oubliée.

– C'est vrai, il t'a dit ça ?

– Je te rappelle que jusqu'à ce que tu gagnes ta vie, et bien au-delà, c'est lui qui a pourvu à toutes tes dépenses, tu dois t'en souvenir.

J'étouffe un sanglot.

– Je sais, je sais tout ça.

– Jeanne, ma chérie, arrête de te fuir. Je t'en supplie, redeviens toi-même.

Je pleure tellement que je n'arrive plus à parler.

– Oh, Jeanne… ne pleure plus. Augustin t'a toujours adorée. Tu étais sa seule petite-fille. Il me parlait tout le temps de toi. Tu veux que je te dise, je crois même que tu as été sa grande fierté.

– Je... je regrette tellement, je regrette tellement de ne pas l'avoir revu…

– Ma petite chérie, on n'y peut plus rien maintenant…

Éléonore fond en larmes à son tour. Et on reste là, toutes les deux au téléphone, à écouter nos pleurs couler. Je finis par reprendre mon souffle et murmure :

– J'ai souvent pensé à eux, tu sais. J'aurais dû les appeler, faire le premier pas, mais je n'ai pas su… Pour maman aussi, j'ai été trop dure avec elle…

J'entends Éléonore prendre une profonde inspiration avant de parler.

– C'est le passé que nous devons enterrer, ma petite Jeanne. Alors voyons-nous s'il te plaît. Déjà pour régler toutes les choses dont je viens de te parler, et puis simplement pour le plaisir d'être ensemble, j'y tiens beaucoup.

– Oui, marraine, c'est promis. Toi aussi, tu me manques, tu sais. Tu as été une deuxième mère pour moi, je ne l'oublie jamais.

– Ça me fait du bien d'entendre ça, rappelle-moi, ma chérie, et prends soin de toi surtout. Je t'embrasse très très fort.

– Moi aussi, je t'embrasse et je t'aime.

En raccrochant, j'ai la sensation d'un vide immense à l'intérieur de moi. Et de froid aussi.

C'est ça qui m'attend désormais ? Ne plus avoir de famille, ou presque ? Et à quoi bon cet héritage ? À quoi bon ce parcours sur le boulevard des ambitieuses ? Même pas un amour pour s'épancher, rien.

La pluie tiède d'avril dégouline sur les carreaux comme les larmes sur mes joues.

Je renifle bruyamment mon chagrin. Je n'ai pas de mouchoir sous la main pour une fois. Il paraît que vient toujours un moment où l'on enterre sa jeunesse. Je crois que ce moment-là est arrivé. Je téléphonerai demain à mon père. Demain seulement. Ce soir, j'ai besoin de dormir profondément, de dormir longtemps.

47

Septembre 2011
Le déjeuner au Bristol

Jeanne

J'ai tenu ma promesse, je l'ai appelé.

Pas le lendemain, ni les jours suivants, non, j'ai laissé passer un mois.

Je n'ai pas pu reculer plus, Mamina avait retrouvé sa trace. Il a monté un petit cabinet de consultation en cardiologie à La Celle-Saint-Cloud. Je suis étonnée qu'il exerce désormais comme chirurgien indépendant. Plus rien à voir avec la prestigieuse clinique Danicourt à Versailles. Je lui ai donné rendez-vous pour déjeuner au Bristol, à Paris, j'y ai mes habitudes. Besoin d'être dans un lieu que je connais, ça me rassure. Ce n'est pas si simple de me retrouver face à lui après dix ans d'absence. Et après la mort de maman. Au téléphone, il a eu l'air ému de m'entendre, mais on ne s'est pas trop attardés dans une longue conversation.

Je suis arrivée en avance.

Comment fait-on pour retrouver son père quand son père vous a reniée ? Cette phrase tourne en boucle dans ma tête. Je me dis que tout pourrait s'apaiser, que l'on pourrait se retrouver, s'aimer à nouveau. Ou pas. Je ne sais pas ce dont j'ai envie. Ni ce dont je suis capable. Tout ce dont je suis certaine, c'est que ce poison qui coule dans mes veines, je le lui dois, à lui, et à personne d'autre. Pas à ma mère. Avec le recul, j'ai compris qu'elle n'avait fait que découvrir le lien entre Frédéric et moi. C'est tout. Elle le lui a dit et c'est lui qui a agi. Je me revois le supplier d'épargner Frédéric pour m'épargner moi. Ne pas me briser le cœur. Mais il n'a pas hésité un seul instant.

Je sais qu'en vérité il n'a pas cru à cet amour.

Il ne l'a pas compris.

Et puis ce qui m'a fait le plus mal, c'est qu'il ait coupé tous les ponts après mon installation à Nice. Il aurait pu m'appeler, on aurait pu se parler comme avant. Mais là, rien. Pas un signe. Pas une marque d'amour. J'ai vraiment l'impression d'avoir été gommée de sa vie. Effacée. Niée. Alors est-ce que j'ai vraiment envie de lui pardonner ?

Mon cœur manque un battement. Il vient d'entrer dans le restaurant. Je le vois s'adresser à la jeune femme de la réception, qui l'accompagne jusqu'à ma table. Ma respiration s'emballe. Du calme. Il s'approche de moi. Il a vieilli. Son visage s'est creusé, il n'a plus du tout la même allure. Même son costume tombe moins bien. Il a dû maigrir. Où est passé mon père à l'élégance remarquable ? Je ne me lève pas pour l'embrasser, je lui souris. Il s'assied face à moi. Il est mal à l'aise. Je le vois. On se regarde avec insistance.

– Bonjour, Jeanne.
– Bonjour, dis-je en baissant les yeux.

On passe rapidement la commande. Le plat du jour pour lui, du poisson grillé pour moi. À vrai dire, je n'ai pas très faim. À peine assis, il se met à parler sans arrêt, il a tellement peur des blancs entre nous, qu'il meuble avec mille et une anecdotes. En l'écoutant, j'ai l'impression d'être de nouveau à Versailles, face à lui, le week-end quand il prenait le temps de nous raconter quelques cas difficiles qu'il avait à gérer. Il n'évoque ni ma mère ni l'accident. Il tente de cacher sa gêne et dit parfois :
– Tu te souviens quand…

Et moi je réponds :
– Bien sûr…, les yeux dans le vague.

Cette conversation est une pantomime de retrouvailles. Plus il s'efforce d'avoir l'air enjoué, plus je mesure le gouffre qui s'installe entre nous. Il ne cherche pas à s'excuser. Il ne s'intéresse ni à ma vie, ni à ma carrière. Je sais qu'il m'a forcément vue sur la couverture d'un magazine. Qu'il a vu mon nom à l'affiche d'un film, mais, de moi, il ne dit rien.
– Tu repenses parfois à ce que tu m'as fait ? dis-je en le regardant bien dans les yeux
– Pardon, Jeanne ?

Il a l'air surpris. Sincèrement surpris. Mon père m'étonnera toujours par son assurance. Quand il prend une décision, c'est forcément la bonne.

– Tu m'as brisé le cœur, tu t'en souviens ?

Il se recule dans son fauteuil.

– Non, je t'ai sauvé la vie, mon enfant.

Mon enfant, ça alors, voilà que ça lui revient…

Je retrouve son ton d'autrefois. Sec. Péremptoire.

– J'ai fait ce que toute personne raisonnable et sensée devait faire, reprend-il. Sauver sa fille des griffes d'un prédateur.

– Ce n'était pas un prédateur, je l'aimais.

– Écoute, Jeanne, on ne va pas revenir là-dessus.

Sa condescendance m'exaspère.

– Tu croyais que tu l'aimais, c'est différent, poursuit-il, mais tu n'étais qu'une gosse…

Il remet ça…

– J'avais 16 ans !

– À 16 ans, on ne sait rien de l'existence !

– Ah bon ? Parce que toi, tu t'y connais ?

Il me regarde sans comprendre.

– Qu'est-ce que tu sais de l'amour ? Tu crois vraiment que tu l'as rendue heureuse, maman ?

Mon ton devient plus dur, mon regard plus fixe. J'essaie de ne pas parler trop fort à cause des gens autour de nous. Il devient blême tout d'un coup.

– Je te défends de me parler d'elle ! s'écrie-t-il.

– Tu me défends ? Mais de quel droit tu me défends ?

– Je… je ne veux pas parler d'elle. Je ne peux pas.

Sa voix se grippe. J'ai l'impression soudain d'avoir un vieillard en face de moi. Il me fait pitié.

– Très bien, parlons d'autre chose alors. Mylène, tiens ! Ça, c'est un sujet ! Tu la vois toujours ?

Question assassine. Il marque un temps d'arrêt. Je me dis qu'il va refuser de répondre, se lever. Il toussote et dit dans un souffle :

– Figure-toi qu'elle m'a quitté deux ans après toute cette histoire. Je reconnais que cette aventure a été une grave erreur dans ma vie.

Comment peut-il prononcer ces mots en me regardant dans les yeux, sans gêne ni regret ?

– « Toute cette histoire », c'est à ça que tu résumes le fait d'avoir brisé la mienne ?

– Écoute, Jeanne…

Je poursuis sans lui laisser le temps de finir sa phrase. Il s'essuie les lèvres, énervé.

– En fait, c'est un peu grâce à moi que tu dois ta nouvelle existence. Si je n'avais pas dit à maman que tu la trompais, tu en serais encore à t'inventer des urgences la nuit.

Il pousse un soupir d'irritation, et j'enchaîne :

– Remarque, c'est aussi à toi que je dois d'être devenue ce que je suis aujourd'hui. Sur ce plan-là, tu m'as beaucoup aidée, je te l'accorde.

Je le vois s'agiter sur sa chaise. Il comprend maintenant que je suis venue régler mes comptes, et je le comprends en même temps que lui. Je suis incapable de l'avoir face à moi et de ne pas lui dire ce que je pense de son attitude, de sa brutalité, de son indifférence face à ce que je vivais.

– Heureusement que grand-père et Éléonore étaient là quand tu m'as jetée dehors. D'ailleurs, grand-père m'a laissé beaucoup d'argent. Tu le savais ?

– Non, je l'ignorais.

– Eh bien, si jamais tu es dans le besoin, fais-moi signe. Je saurai me montrer plus généreuse que tu ne l'as été…

Je le regarde avec hauteur après avoir craché mon venin. Je suis odieuse et je le sais. Il hoche la tête, un peu désemparé.

– Ce n'est pas de l'argent que j'attends de toi, Jeanne. J'espérais seulement pouvoir reprendre ma fille dans mes bras. Rien de plus.

Autour de nous, les gens nous observent, nous entendent peut-être, alors je baisse le ton en me penchant vers lui. Je le fixe dans les yeux.

– Je comprends, mais ça, je crains que ce ne soit pas possible.

J'ai murmuré ces mots-là. Il pâlit, j'ai porté l'estocade. Je tiens ma vengeance, une partie de moi en est fière, l'autre en a honte. Il repousse sa chaise et se lève, digne malgré tout.

– Eh bien, je crois qu'on s'est tout dit, Jeanne. Je te laisse finir ce déjeuner sans moi.

Il se dirige vers la sortie, le dos un peu plus voûté qu'à son arrivée, je le regarde s'en aller en me mordant les lèvres pour ne pas pleurer, fini les larmes. Je demande rapidement l'addition au maître d'hôtel. L'addition, c'est exactement ce que je viens de lui faire payer. Il aurait fallu, je sais, un geste de ma part pour le retenir, courir derrière lui, pour qu'il revienne, mais je ne l'ai pas fait. Il m'aurait suffi d'un seul mot pour le rappeler, ce mot que je ne sais plus dire depuis longtemps.

Papa.

48

Janvier 2012
Le secret

Mamina

Cela fait presque quatre ans que j'ai congédié l'ancien détective après une violente colère de Jennifer au téléphone. Je ne l'avais jamais vue dans un tel état. Elle était hystérique.

Il faut dire qu'on le payait une fortune, sans jamais avoir le moindre résultat. J'ai fini par trouver une autre agence. Internationale, cette fois-ci. J'ai croisé les doigts pour que le type soit plus compétent. Je suis allée à Genève pour le rencontrer, et lui ai donné tous les renseignements dont on disposait. Il inspirait confiance.

Il m'a écoutée parler sans rien dire, a pris des notes consciencieusement. Il ne m'a pas caché que ce serait long et difficile, que ce serait coûteux aussi, mais ça, j'en ai pris l'habitude. Je savais que j'aurais à régler des jours de filature, des nuits d'hôtel, des locations de voiture, des billets d'avion pour des investigations improbables qui ne mèneraient sans doute nulle part. Peu importe.

J'avais l'ordre de dépenser sans compter pour retrouver Frédéric Durban. Il était forcément quelque part. Même si j'avais vraiment l'impression de chercher une pierre dans l'océan.

Et puis un matin, un an après l'avoir engagé, Herbert Dantzig, le nouveau détective, s'est manifesté. Jusque-là, je n'avais eu de ses nouvelles que pour les frais de l'enquête. Dans sa voix, une touche d'optimisme.

– J'ai un début de piste, mademoiselle.

Il me raconte avoir retrouvé le codétenu de Frédéric, qui continue, lui, de purger sa peine à Bois-d'Arcy. L'homme se souvient parfaitement de Frédéric, qui a été son assistant bibliothécaire pendant son séjour en prison. Plus intéressant surtout, il a fait mention de plusieurs colis que ce dernier recevait régulièrement de sa sœur, et ces envois provenaient tous selon lui de la ville de Londres.

– Elle s'appelle Maureen, m'a-t-il dit. Je vais partir là-bas pour retrouver cette Maureen Durban, en espérant qu'elle porte toujours le même nom, qu'elle ne se soit pas mariée entre-temps. Sinon, il faudra rechercher son patronyme actuel en consultant tous les registres d'état civil, et espérer aussi qu'elle n'a pas non plus déménagé ces dernières années. Cela va prendre du temps et je vais avoir besoin d'un ou deux assistants supplémentaires pour m'aider.

Je comprends le message à peine voilé, mais je l'écoute, le cœur battant. Enfin quelqu'un de sérieux et de pragmatique !

– Bien sûr ! Je comprends ces nouvelles données, l'ai-je rassuré.

Je me surprends à remplir le nouveau chèque avec un enthousiasme et une légèreté que je n'ai encore jamais connus. Maintenant, il ne reste plus qu'à attendre. Ce verbe est depuis longtemps rentré et enfoui dans un coin de mon cerveau, presque autant que le mot « espoir ». Inutile d'ailleurs d'en informer Jen tant qu'Herbert n'a pas retrouvé la sœur de Frédéric. À ce moment-là seulement, j'aviserai.

Les semaines, les mois passent, sans que j'aie d'autres nouvelles que des relevés de facturation, venant de la part d'Herbert Dantzig, à régler sur un numéro de compte en Suisse. Jusqu'à avant-hier.

– J'ai retrouvé sa trace, mademoiselle ! Enfin !

– Vous avez retrouvé Frédéric Durban ?

J'ai prononcé ce nom avec un tremblement dans la voix.

– Pas lui, mais sa sœur. J'ai son nom et son adresse. Elle s'est mariée à un certain Jeremy Sunlake depuis bientôt quatorze ans. Ils ont deux enfants, un garçon, une fille, de 11 et 8 ans. Ils vivent dans un hôtel particulier de Kensington Garden dont je vais vous communiquer l'adresse et le téléphone si vous voulez bien prendre de quoi noter.

Les mains moites, le cœur battant la chamade, je bafouille et farfouille sur mon bureau, avant d'attraper un stylo et une feuille.

Après avoir raccroché, je contemple longuement ce numéro, comme s'il s'agissait d'une formule magique pour accéder à un trésor suprême. Je n'en crois pas mes yeux ni mes oreilles. Il ne me reste plus qu'à trouver une raison plausible de prendre contact avec cette fameuse Maureen Sunlake.

Je décide de l'appeler ce matin.

Avant ça, j'ai répété et répété encore ce que j'allais lui dire. Je me suis efforcée de parler calmement pour être naturelle, et crédible surtout. Enfin prête, je prends une seconde inspiration et compose le numéro. Tout à coup, petit moment de stress, je me demande s'il vaut mieux m'exprimer en français ou en anglais. En français, ça paraîtrait plus vraisemblable pour demander des nouvelles de Frédéric, que j'ai connu à Versailles.

Une voix de femme me répond. Ce n'est pas Mme Sunlake. Je patiente quelques instants avant que la jeune femme revienne me demander à quel propos.

– *About her brother Frederic.*

J'entends des pas résonner dans ce que j'imagine être un vestibule, quand soudain une autre voix résonne à mon oreille.

– *Hello, I'm Maureen Sunlake.*

Une goutte de sueur perle sur mon front. Je me râcle la gorge et me lance.

– Bonjour, madame, pardon de m'exprimer en français, mais mon anglais est déplorable. Vous parlez français ?

– Un peu, répond-elle avec un accent prononcé. Je vous écoute.

– Je suis une ancienne collègue de Frédéric, quand il enseignait à Versailles. Je suis de passage à Londres et j'aurais été ravie de le revoir. C'est un ami commun qui m'a dit qu'il vivait là à présent. Je n'ai pas vu Frédéric depuis des années, et j'aurais vraiment aimé lui parler ou même le rencontrer s'il en a le temps. Pourriez-vous me dire où je peux le joindre ?

Silence prolongée, j'ai cru que la ligne s'était coupée.

– Je suis désolée, mais il m'est très difficile de vous parler de lui, c'est encore très douloureux pour moi, voyez-vous, parce que mon jeune frère Frédéric est mort l'année dernière dans un accident de moto en Australie.

Je reçois l'information en plein cœur. Je marque un temps d'arrêt. La femme, à l'autre bout du fil, parle parfaitement le français…

– Je suis tellement désolée de l'apprendre, tellement confuse de vous avoir dérangée, madame. Pardon… C'est un garçon que j'aimais beaucoup, cette nouvelle me bouleverse, excusez-moi encore pour cette intrusion, je ne sais pas quoi vous dire…

– Il n'y plus rien à dire hélas…

Sa voix est sourde et affligée.

– Ça a été, et ça l'est encore, un immense chagrin pour nous tous.

– Pour moi aussi, madame, croyez-le bien, je suis sincèrement, sincèrement désolée.

Je raccroche.

Je mets quelques minutes à reprendre mes esprits.

Bizarre, elle ne m'a demandé ni mon nom, ni comment j'avais eu ses coordonnées. Et enfin cette horrible nouvelle, je m'attendais à tout sauf à ça. Je n'avais pas envisagé qu'il ait pu disparaître. En réalité, si, au début peut-être, mais la certitude de Jennifer a été comme un rouleau compresseur face à mes doutes. Elle ne cessait de répéter que, s'il était mort, elle l'aurait senti, elle le saurait. Je suis désemparée. Quel dénouement ! Quelle histoire ! Comment le lui annoncer ? Elle va s'effondrer, elle est obsédée par l'idée de le retrouver, et de reprendre leur histoire d'amour. Si je lui annonce ça, je vais la tuer. Non, je ne peux pas le faire, c'est impossible. Absolument impossible. Je veillerai à ce qu'elle ne l'apprenne jamais, je vais continuer à lui donner l'illusion de le chercher, je vais engager un nouveau détective pour couper toutes les pistes qui pourraient l'amener à connaître la vérité.

Et pourtant, devant ma troisième tasse de café, et autant de cigarettes, un doute me saisit. Et si cette femme m'avait menti ? Mais qui oserait mentir sur un sujet pareil ? Personne ne ferait ça… Sauf si elle veut protéger son frère... Mais de quoi, mon Dieu ? D'un amour d'autrefois qui aurait remis sa vie en cause ? Ça n'a aucun sens ! Mais alors de quoi d'autre ? Frédéric aurait-il eu des ennuis ? J'ai beau tourner et retourner la situation dans tous les sens, je ne trouve pas de raison logique pour que cette femme m'ait menti. Et pourtant, en me remémorant chaque instant de la conversation, je me rappelle que j'ai été étonnée par son silence. Le silence de trop. Celui qui marque une hésitation. Ou le temps de trouver une excuse. Un alibi pour m'éloigner définitivement. Pour que je ne rappelle plus jamais. Qui rappellerait pour revoir un mort ? Personne. L'idée était brillante. Mais il aurait fallu l'avoir prévue avant le coup de téléphone. Ne pas hésiter. Ne pas laisser passer la seconde de trop.

Je suis tout à coup absolument certaine que cette femme m'a menti. C'est évident. Limpide. Une certitude due à une intuition, c'est vrai, mais une certitude qui s'enracine dans mon esprit. Parce que je crois aussi que, lorsque l'on aime aussi fort que Jen, on sent quand son âme sœur a disparu. Oui, j'y crois du plus profond de mon cœur. Tout comme je suis absolument certaine désormais que Frédéric Durban est bel et bien vivant, et bel et bien caché quelque part. Je repose ma tasse en espérant ne pas avoir Jennifer au téléphone, ni aujourd'hui, ni demain, ni dans trois jours.

Il y a des secrets trop lourds à porter.

*

De l'autre côté du Channel, dans le hall de son hôtel particulier, le cerveau de Maureen est en alerte rouge. Elle reste quelques instants, le téléphone en main avant de raccrocher.

Elle ne croit pas une seconde à cette histoire d'ancienne collègue de passage à Londres. Frédéric n'a pas gardé de contact avec son ancienne vie, tout lui semblait artificiel dans le récit de l'inconnue. C'est complètement faux, elle en est certaine. Quelqu'un est sur les traces de Frédéric, c'est sûr, mais qui ? Marie ? Non, elle a coupé les ponts depuis longtemps, et puis elle aurait reconnu sa voix. Et pourquoi se faire passer pour une simple amie ? Jeanne ? Non plus, elle a dû refaire sa vie et l'oublier, après tout, c'est mieux comme ça. Alors qui ? Elle y repenserait souvent dans les jours et les semaines à venir sans pouvoir y apporter de réponse.

La nuit qui a suivi cet appel, Maureen Sunlake a dormi d'un mauvais sommeil. La chrétienne qu'elle a toujours été n'avait pas prononcé un pieu mensonge, loin de là. Mais elle a fini par se convaincre qu'elle serait pardonnée, après tout, elle n'avait qu'à moitié menti...

49

Mai 2014
William's cottage

William

Ce matin, je marche sur la plage avec mes trois compagnons de solitude.

Ils sont drôles. Je les regarde essayer d'attraper une mouette, tenter leur chance sans jamais y parvenir. Ils aboient comme des fous, les poursuivent jusqu'au bord des vagues et reviennent, dépités, les flancs mouillés.

Mes chiens sont d'une nature optimiste, ils retenteront leur chance demain, sinon les jours d'après.

Le vent glacé me fait du bien. J'inspire à fond pour nettoyer mes poumons.

J'ai trop fumé hier soir, trop bu aussi. J'ai écrit une bonne partie de la nuit.

Je fanfaronne quand j'ai Andrew au téléphone, mais, en réalité, cette nouvelle intrigue est plus difficile à écrire que je ne l'imaginais. Le sujet est bon, je le crois. L'histoire de jumelles qui décident d'échanger leur vie.

Par quel bout la prendre ? Comment la traiter ? J'ai peur d'avancer comme on recule, en découvrant un marécage. Chaque nouvelle situation m'enfonce vers un dénouement improbable que je contrôle mal. Après le succès démesuré d'*Alexandra*, je me rends compte que je me suis encore plongé dans une histoire de dédoublement de personnalité. Et je rame comme un auteur en mal de boussole.

Je rappelle mes chiens et m'apprête à remonter à la maison boire un thé brûlant. Ça me fait bizarre de parler de « mes chiens » et de « ma maison ». Ces trois golden retrievers m'ont été offerts par Maureen, Jeremy et Andrew. Chacun le sien. Pour les distinguer, je leur ai mis des colliers différents. Ils n'ont pas le même caractère, mais une tendresse identique à mon égard. Je les aime autant que des êtres humains. Quant à la maison, c'est une tout autre et longue histoire. C'est Maureen qui l'a choisie. Elle m'a montré des photos lorsque j'étais hospitalisé à la clinique Victoria.

– Regarde ce que je t'ai déniché, mon Frédéric ! C'est à cinq kilomètres du manoir. Dès que tu sors d'ici, je t'installe.

Avec ma sœur, tout très va vite. Elle s'emballe et ne doute jamais de rien.

– J'ai rendez-vous dans deux jours avec l'agence. Je filmerai la visite, comme ça, si la maison te plaît, l'affaire est dans le sac ! Dans trois mois on commence les travaux.

Allons bon ! Effectivement, sur les photos, le cottage avait l'air ravissant, face à la mer, avec son escalier privé pour y descendre et ses trois hectares de terrain.

– C'est pas un peu grand pour un homme seul ?

– Je te rassure, ce n'est pas toi qui tondras la pelouse, a-t-elle répliqué en riant. J'y veillerai, mon frère.

Quelques jours plus tard, elle était de retour avec la vidéo. L'habitation m'a paru plus spacieuse qu'en photo. En bas, une immense cuisine-salle à manger, deux petits salons un peu vieillots, mais accueillants. À droite de l'entrée, une très grande pièce avec une magnifique cheminée en briques anciennes. À l'étage, quatre chambres. Deux face à la mer, deux donnant sur l'entrée du parc.

– Alors ? m'a-t-elle demandé avec fébrilité.

– Ça me paraît bien, en effet…

Ce n'était plus la peine de discuter, elle avait déjà pratiquement négocié le prix.

– J'appelle l'architecte demain, mon Frédéric. On va tout casser à l'intérieur. Une baie vitrée dans ton bureau, ce serait mieux. Tu auras l'impression de vivre entre les vagues et le ciel sans quitter ton fauteuil. Je vais te faire installer une immense bibliothèque pour tes livres et tes disques, stéréo dans toute la maison, un vrai salon au lieu de ces deux tout petits, cuisine-salle à manger au même endroit, mais on démolit tout. Pour les salles de bains, je te ferai voir ce à quoi j'ai pensé. C'est bien simple, à l'arrivée, tu me diras : « Poppy, tu as fait des merveilles ! » ajouta-t-elle en me faisant un clin d'œil.

Un peu amusé, je l'écoutais me décrire mon nouveau cadre de vie, et je me surprenais à en avoir envie. Son enthousiasme était contagieux. Et puis, il fallait bien qu'un jour j'aille habiter ailleurs que chez eux. Dans un repaire discret, si possible. Hors de question de me montrer en ville dans cet état ! Cette solution me paraissait la meilleure. Et c'est ainsi que, deux ans plus tard, le cottage est devenu ma grotte.

Tous les jours, je me balade sur la plage avec les chiens.

Je lis, j'écris, je regarde de vieux films en noir et blanc, j'écoute beaucoup de musique classique et je tourne en rond dans ma cage dorée. Janet Clifford me prépare mes repas, et dès que je rentre de ma promenade, elle me sert rituellement une tasse de thé dans mon bureau. Janet Clifford, ma gouvernante. Ma chère Janet, en tout point parfaite. Comme Mark Wisley, l'intendant du domaine, ils habitent chacun dans les dépendances du cottage. Des gens de grande confiance, m'a dit Andrew qui les a recrutés. Je n'ai jamais eu la curiosité de lui demander où ni comment, toujours est-il qu'ils étaient déjà installés là avant mon arrivée. D'ailleurs, ils donnent l'impression d'avoir toujours habité ici. Ils veillent sur moi comme deux anges gardiens. Savent-ils qui je suis vraiment ? Je ne leur ai pas posé la question. Font-ils partie d'un vague réseau dont Andrew a le secret ? Mystère.

Voilà ma nouvelle vie.

Tous les trois mois, j'ai rendez-vous avec un spécialiste de greffes de peau postopératoires. Il vient vérifier l'état de mes cicatrices, me recommande sans cesse de ne pas sortir sans chapeau ni crème solaire spéciale. Il m'apporte des plaquettes de morphine pour soulager mes douleurs. Et à chaque fois, cette même phrase :

– Ne jamais, jamais dépasser la dose prescrite, cher monsieur, on est bien d'accord ? Ce médicament pourrait vous tuer, vous le savez.

Il insiste fortement. Et à chaque fois, je hoche la tête en lui serrant la main et le regarde partir jusqu'au prochain rendez-vous

Ce que je ne lui dis pas, c'est que j'ai déjà l'impression d'être mort. Il y a encore cinq ans, j'étais pauvre et inconnu, aujourd'hui je suis riche et anonyme, mais incapable de mener une vie normale. En dehors de Janet, de Mark, d'Andrew et de ma famille, je ne parle à personne, je ne vois personne, excepté le médecin, et celles que Janet surnomme pudiquement les « demoiselles de Londres ». Trois *escorts* qu'Andrew a sélectionnées avec moi sur un réseau d'Internet. Elles débarquent ici, une ou deux fois par mois, chacune à tour de rôle, restent rarement au-delà d'une nuit, le temps de passer quelques bons moments ensemble.

Une douce complicité s'est établie entre nous. Elles m'aident à oublier mon physique. Et pourtant, aucune d'entre elles ne m'a jamais demandé ce qui m'est arrivé pour avoir un tel visage. Andrew a dû leur faire la leçon.

L'amour, ce que moi j'appelle l'amour, j'en ai fait mon deuil. Celui que j'ai connu il y a bien longtemps m'habite secrètement. Je n'en parle jamais. « Je suis le veuf, l'inconsolé, le prince d'Aquitaine à la tour abolie. » Oui, il m'arrive de me réciter Gérard de Nerval, d'autres poètes plus sombres encore, pendant mes crises de dépression. Et puis je me calme, il faut bien que je me calme, je n'ai pas le choix.

Alors c'est vrai, je me raccroche à mes « demoiselles de Londres ». Surtout à Jessica, ma préférée, parce qu'un soir elle a osé me dire : « J'aime ta laideur lumineuse, John. » J'ai trouvé ça à la fois courageux et tendre, elle a dit ce que je lui inspirais, simplement et sans filtre.

Un bruit de moteur me sort de mes pensées. C'est Mark, qui est allé la chercher à l'aéroport. Les voilà de retour.

Dès qu'elle franchit la porte d'entrée, elle se débarrasse de ses magazines en les jetant sur la table du salon, elle balance son sac à main, son manteau, sur un des canapés du salon et elle vient m'embrasser. Moi, j'adore ses tenues. Je souris en la voyant dans sa mini-jupe en daim, ses bottes au-dessus du genou, et son pull fin qui fait ressortir sa poitrine parfaite. « Jessica la sexy » qui chantonne tout le temps. J'ai fini par aimer sa joie de vivre.

En allant m'asseoir ce soir-là, je jette un coup d'œil distrait au *Vogue International*, qu'elle a abandonné derrière elle, et là, mon cœur s'arrête de battre. Une fraction de seconde. Je m'écroule sur le canapé, le souffle court. J'attrape le magazine comme un voleur, je découvre six pages de photos d'elle à l'intérieur. J'ai la tête qui tourne, j'abaisse mes lunettes pour mieux voir.

– Jessica, tu peux me dire qui est cette fille sur la couverture de *Vogue*. Son nom ne me dit rien.

– Mais enfin, Jennifer Jones ! Tu ne la reconnais pas ?

– Et qu'est-ce qu'elle fait dans la vie, cette charmante ?

– Non mais je rêve ! C'est juste un top model mondial qui depuis quatre ou cinq films cartonne au cinéma.

Elle pouffe de rire en allumant une cigarette.

– Alors ça, j'en reviens pas ! J'ai beau ne pas savoir grand-chose de toi, mais alors là, John, tu m'épates ! Bon Dieu, où étais-tu enfermé ces dernières années ?

Se rendant soudain compte de la bêtise qu'elle vient de dire, elle me regarde, les lèvres pincées, et s'excuse d'une voix fluette.

– Pardon, mon chou... excuse ma maladresse, je parle sans réfléchir quelquefois, je me doute où tu étais.

– Aucune importance, ma beauté. Dis-moi juste ce que tu veux boire. On va aller s'asseoir dans mon bureau, et tu vas me parler de Jennifer Jones, OK ? Gin-Fizz, vodka, whisky, jus d'orange ? Demandez le programme !

J'ai les mains moites et le cœur qui tambourine. Difficile de calmer mon excitation. Je bombarde Jessica de questions. L'arrivée de Janet m'aide à calmer un instant ma fébrilité. Je vide mon verre d'un trait.

– Janet, vous pourriez nous rapporter la bouteille de vodka, avec un seau de glaçons, quelques tranches de saumon, des toasts et de la crème fraîche ? Merci. Finalement, je crois qu'on va dîner dans mon bureau.

Nouvelle flopée de questions de ma part.

– C'est dingue, me lance Jessica, ingénue. Il y a dix minutes, tu ne la connaissais pas, et maintenant c'est un véritable interrogatoire. Va sur Internet, il y a des pages et des pages sur elle. Tu n'as pas fini d'en voir.

– J'espère bien, et comment ! Parce qu'elle correspond parfaitement à un personnage de mon roman…

– Tu es écrivain, John ?

À chaque fois qu'elle m'appelle avec ce qu'elle croit être mon prénom, j'ai un sursaut de surprise. Je ne m'y fais pas. À force de multiplier les identités, j'ai l'impression de ne plus en avoir aucune.

– Pas tout à fait… Enfin, bientôt, je l'espère… Tu n'as pas faim ?

Elle approuve en souriant, et pendant qu'elle dévore les tranches de saumon, je continue de l'interroger. J'ai hâte que la soirée se termine. D'être seul pour digérer tout ce que je viens d'apprendre. Jeanne, ma Jeanne, qui se fait appeler Jennifer et qui est devenue une célébrité internationale. Jeanne, que je n'ose plus chercher avec ma gueule cassée. Les aiguilles tournent, il se fait tard, et Jessica commence à montrer des signes de fatigue.

– On va se coucher, mon chat ?

– Va dormir, ma belle. Moi, j'ai besoin de travailler sur mon livre. Mais embrasse-moi quand même avant de monter…

Je passe la nuit loin de Jessica, les pensées tournées vers Jeanne. Excité comme un dingue, je lis tout ce que je peux trouver sur elle. Des pages et des pages. J'apprends que Jennifer Jones est une actrice française, qu'elle est née à Versailles en 1985, ça, je le savais déjà… Son CV s'étale sur l'écran. Ses shootings, ses films… Des centaines d'images d'elle apparaissent.

Jeanne, dont je n'avais plus aucune nouvelle et qui envahit maintenant l'écran de mon ordinateur.

Je me réveille avec une gueule de bois carabinée. Mon ordinateur s'est mis en veille, et moi je ne sais plus où j'en suis. Je jette un coup d'œil à ma montre. Il est plus de midi. Jessica a dû repartir à Londres. Je ne l'ai pas entendue descendre l'escalier, pas entendu non plus la porte claquer. Je monte me coucher, le cœur léger. J'ai enfin retrouvé Jeanne, mais je ne sais pas comment je vais arriver à dormir.

*

Quelques heures plus tard, après une sieste réparatrice et une douche rapide, je téléphone à Andrew.

– Écoute, Andrew, j'ai un nouveau projet. Je laisse tomber l'histoire des sœurs jumelles. C'est pas pour moi. J'ai beaucoup mieux à te proposer. Je vais t'envoyer le pitch, et tu me diras ce que tu en penses.

– Tu as commencé à l'écrire ?

– Pas encore, mais je m'y mets dès que je raccroche. Je ne ferai rien d'autre. Plus de filles, plus d'alcool, plus de cigarettes. Tu ne m'appelles plus, tu attends que je t'appelle. Après, tu viens, tu embarques le roman, on le traduit et on le publie !

Il éclate de rire.

– Tu es complètement cinglé, William !

– Là-dessus, on est bien d'accord ! Mais tu verras, Andrew, tu verras, mon roman va t'étonner…

– Tu l'auras fini quand ?

– Dans deux-trois mois maximum, il est déjà dans ma tête.

– Celui d'avant aussi, je te ferai remarquer... C'est bien ce que je dis, tu es complètement cinglé.

– Allez, laisse-moi faire et raccroche.

L'idée lumineuse que j'attendais depuis des jours et des jours vient enfin de germer dans mon esprit. Cette fois, c'est limpide. J'ai tout. L'intrigue, les personnages, la fin. Le scénario de la première à la dernière page. Je me précipite dans mon bureau. J'ai hâte de m'y mettre, j'ai le cerveau en roue libre

Les pages s'écrivent toutes seules. Ou presque. Jamais écrire ne m'a semblé aussi facile. Aussi évident. Même le titre, je l'ai. *La Seule Façon d'aimer*.

J'envoie ce mail à Andrew.

« Une prof de lettres dans l'Ohio, aux États-Unis, tombe amoureuse d'un de ses élèves. Elle a 32 ans, il en a 15. Un amour scandaleux, interdit. Va sur Internet, replonge-toi dans l'affaire Gabrielle Russier, qui a défrayé la chronique dans les années 1970 en France. Tu comprendras. Ici, pas question de ça. Ici, tout est différent, le pays, les lieux, l'univers ambiant, la position sociale de sa famille à lui (des Américains de la *middle class*), seul l'âge des protagonistes reste à peu près le même. C'est elle, le pivot de l'histoire. Elle avec sa passion, ses peurs, ses doutes, son désir, ses angoisses, elle face au regard des autres, à la réprobation de ses collègues du campus, tout y sera. La fougue, la folie, l'absolutisme de l'amour du jeune garçon pour elle. Son romantisme, son inconscience en feront un héros pour tous les adolescents qui le liront. Une passion portée à l'incandescence, peut-être même jusqu'à l'indécence. Il y aura du sexe, Andrew, il y aura du sexe. Mais rien de graveleux. Je veux que les lecteurs s'identifient à ces nouveaux Bonnie and Clyde de l'amour qui vont traverser tout le pays sous de fausses identités jusqu'à mourir ensemble dans les chutes du Niagara.

Un roman d'amour qui va se lire comme un polar, mon Andrew, un road-movie flamboyant à travers l'Amérique. Mes deux héros vivront en soixante jours ce qu'aucun d'entre nous ne vit en soixante ans de vie commune, tu verras !

J'ai déjà écrit en exergue : "Il y a sur terre des milliards de manières de vivre, de respirer, de chanter, de pleurer, de marcher, de faire l'amour et de se reproduire, mais il n'y a qu'une seule façon d'aimer vraiment, c'est d'aimer l'autre jusqu'à se perdre en lui et avec lui. C'est LA seule façon d'aimer." »

Réponse d'Andrew : « C'est romantique à mort, ton truc ! J'adore ça ! Allez, fonce ! »

Il viendra le chercher cinquante jours plus tard.

Après l'avoir lu et relu, il m'enverra ces simples mots : « Tu m'as foutu les larmes aux yeux, salopard. Avec mes crises de conjonctivite, est-ce bien raisonnable ? Je te serre sur mon cœur. Andrew. »

La dernière page achevée, je retourne flâner au bord des vagues de Cornouailles, respirer le vent du large, regarder pensif les nuages gris au-dessus de la mer, shootant comme je le peux de ma jambe valide les coquillages brisés par le ressac.

Je sais maintenant que le quotidien des jours maussades peut revenir, avec ses nuits de pleine lune qui mesurent les marées immuables, cette longue symphonie toujours recommencée.

Je sais que je peux voir les genêts de la lande trembler sous les assauts du vent, et me satisfaire que les tuiles des toits des maisons restent bien en place.

Je sais que les clochers continueront de sonner la messe dominicale comme l'angélus du soir, et que le thé dans les tasses sera servi à la bonne température.

Je sais que le hennissement des chevaux n'effraiera pas l'alouette cachée dans les futaies.

Je sais que les bateaux rentreront au port avec toujours un peu de retard, je sais que leur cargaison de poissons ruisselants ne restera pas longtemps sur les étals et que les marins dans les pubs reprendront en chœur avec fierté, jusque tard dans la nuit, les chansons à boire qu'ils connaissent depuis l'adolescence.

Je sais tout ça, tellement. Je sais aussi qu'avec ce livre je vais lancer une bouteille à la mer. Il y a une chance sur un million qu'il lui parvienne un jour et qu'elle s'y intéresse.

Comme tous les fous d'amour, je m'efforce d'y croire. Je ne sais pas si Jeanne me recherche, mais, moi, j'ai peut-être trouvé l'idée, le moyen de la revoir.

Et je ne le dis à personne.

50

Avril 2015
Bas les masques

L'avion de Jen se pose à l'aéroport de Los Angeles au moment même où William monte sur une petite scène improvisée dans un salon du Claridge's à Londres.

Il y a foule dans l'hôtel. On se conspue, on se bouscule, on s'invective. Deux cents personnes à peu près ont pu s'asseoir. Des dizaines d'autres sont agglutinées le long des murs, sans compter toutes celles qui sont restées derrière le tourniquet. La plupart des fans de William Westwood ont en main son tout nouveau roman. Celui qui est sorti il y a quinze jours. *La Seule Façon d'aimer*. Dès qu'ils l'aperçoivent, ils l'agitent comme des petits drapeaux.

William est vêtu d'une redingote sur une chemise à jabot, d'un pantalon à rayures, un long foulard de soie couleur parme autour du cou. Il porte un chapeau, un épais maquillage dissimule ses cicatrices, des lunettes fumées masquent son regard. On le croirait échappé d'une gravure du XIXe siècle. Il ressemble au Brian Jones de la grande époque, la gueule cassée en plus.

Les flashs crépitent de toutes parts, des micros se tendent, les caméras des chaînes info s'affolent. La presse anglaise et internationale est présente. Andrew a bien fait les choses. Pourtant, il n'en revient pas. C'est comme si Michael Jackson ressuscité était venu présenter son nouvel album ! Il soupire de soulagement. Depuis des jours, il n'a qu'une crainte, celle que William renonce à apparaître en public au dernier moment. Avec Jeremy et Maureen, il l'a accompagné et installé dans une suite de l'hôtel peu avant la représentation.

Il s'avance d'un pas mal assuré, il essaie de dissimuler qu'il claudique un peu.

Il lève les bras en s'approchant du micro.

– *Ladies and gentlemen*, bonsoir !

La foule fait aussitôt silence.

– Merci à vous tous d'être venus si nombreux à ma rencontre, poursuit William. Me voici enfin devant vous. Moi, William Westwood, l'auteur d'*Alexandra*, que vous avez tant plébiscité, oserais-je dire, que vous avez tant aimé ?

Un demi-sourire modeste. Des cris et des applaudissements jaillissent de la salle. Il reprend :

– Pendant ces quatre dernières années, j'ai lu toutes vos lettres, sans pouvoir y répondre. Aujourd'hui, je peux vous le dire, vous m'avez beaucoup manqué…

– *You too !* hurle un spectateur au premier rang. On entend quelques rires.

– Mon bronzage pourrait laisser penser que j'ai vécu planqué sur une île des Bahamas, mais il n'en est rien. La vérité est bien plus ordinaire et tragique. J'ai eu un accident de moto effroyable, le corps fracassé, le visage brûlé. J'ai été hospitalisé et reclus pendant tout ce temps. Alors, quand vous sortirez d'ici, si vous êtes venu à deux-roues, soyez prudents. Nos routes sont les plus glissantes du Royaume-Uni… Nous avons aussi les meilleurs chirurgiens au monde. La preuve ! Et je suis là surtout pour répondre à toutes vos questions.

Salve d'applaudissements. La lumière de la poursuite se reflète dans ses lunettes noires. Il sourit imperceptiblement.

Il s'exprime d'une voix rocailleuse et lente, mais la foule est sous le charme de cet homme étrange qui répond avec bienveillance, calme et assurance à toutes les apostrophes. Pendant plus d'une heure, il se prête au jeu des questions-réponses que le public lui envoie. Le micro passe de main en main.

– Est-ce que votre nouveau roman, que j'adore, demande une jeune femme vraiment très jolie, fera aussi l'objet d'une adaptation au cinéma ?

– Je n'en sais encore rien, mademoiselle, mais si vous avez l'intention d'y tenir le premier rôle, tout est possible…

La jeune femme rougit de plaisir et quelques rangs applaudissent. Maintenant c'est gagné, les spectateurs l'ont totalement pris en empathie, jusqu'à en oublier son apparence. Seul un journaliste ose poser cette dernière question, pour le moins déplacée :

– Est-ce à cause de votre aspect physique que vous avez tant attendu pour apparaître en public, monsieur Westwood ?

– Absolument ! Je ne voulais pas que mon physique de beau gosse puisse influencer d'une quelconque manière le choix de mes lectrices et de mes lecteurs. Mais, si on y regarde de plus près, je ne suis pas qu'un playboy, je suis aussi un romancier, vous savez…

51

Avril 2015
Hôtel Bel-Air, Los Angeles

Le nouveau consul de France est venu les attendre à leur descente d'avion, un privilège réservé d'ordinaire aux très hautes personnalités.

Aucun photographe.

Un soleil voilé éclaire le tarmac. Présentation rapide, embrassades, deux officiers du L.A. Police Department s'emparent de leurs passeports en bas de la passerelle. Leurs bagages, sitôt identifiés, sont extraits du chariot et déposés dans le coffre de la voiture consulaire.

Jen se tourne vers Cécile.

– Tu sais qu'il y a des moments où tu m'étonnes encore, toi ? Tu vas me raconter comment tu as manigancé tout ça pendant le trajet. Très forte, ma Rainbow, très forte !

Ce passe-droit était son œuvre, mais pas aussi difficile que Jen le pense. Cécile avait fréquenté le monsieur à l'époque où elle était une active militante de son parti politique. Et Cécile ne se défait jamais de son carnet d'adresses, aussi long qu'un jour de résurrection.

Dans la voiture, Jen est d'humeur plutôt joyeuse. Elle murmure à l'oreille de Cécile :

– Tu te rends compte qu'on aurait pu passer dix kilos de coke avec nous, ni vu, ni connu ! C'est quand même dingue, non ?

– Oui, très bonne idée, ils auraient pu avoir des chiens renifleurs de drogue aussi, et là c'était cent ans de prison ferme. Belle fin de carrière, ma fille ! T'es complètement givrée par moments !

Jen a un sourire renfrogné :

– Et toi, tu gâches toujours tout !

Les deux femmes sont conduites au Bel-Air et s'installent dans le bungalow qu'on leur a affecté. Le même que l'année dernière, perché au-dessus des habitations classiques, avec deux chambres séparées et contiguës comme toujours. Il est 18 heures à L.A., mais 3 heures du matin à Paris. Elles s'effondrent dans leurs lits, le décalage horaire est le plus puissant des somnifères.

Quand Jen se réveille quelques heures plus tard, elle va se glisser dans le lit de Cécile, qui dans son demi-sommeil se love contre le corps de l'actrice. Elles font l'amour comme deux naufragées entre l'aube pas encore levée et la fin d'une nuit étoilée qu'elles n'ont pas vue passer. Il y a des semaines que ça ne leur était pas arrivé.

Jen émerge la première et délaisse la petite piscine de leur suite pour plonger dans la grande, celle où, à 8 heures du matin, il n'y a jamais personne. Seule au milieu des palmiers et des essences méditerranéennes, sous le pépiement des oiseaux, elle fait ses trente longueurs avant de se sécher rapidement et de retourner dans sa chambre prendre une douche presque glacée.

Une demi-heure plus tard, Cécile la rejoint dans le box ombragé où elles prennent ensemble leur petit déjeuner. Elle lui tend le *Los Angeles Times* ouvert à la page « Spectacles ».

– Regarde, c'est William Westwood. Il s'est enfin montré en public avant-hier soir à Londres. Drôlement esquinté, le bonhomme, accident de moto, paraît-il.

Jen se penche avec curiosité sur la photo. Et ne peut retenir une grimace dès qu'elle l'aperçoit.

– Oh le pauvre ! Il est salement défiguré…

– Oui. Et en vrai ça doit être pire ! Si c'est l'homme avec qui tu envisages de coécrire, prépare-toi au cauchemar, ma chérie…

– Ce que tu peux être garce, ma parole !

Jen attrape son verre de jus de fruits, elle le vide en détaillant lentement la photo dans le journal. On peut ressembler à un monstre et écrire de bien jolies choses, se dit-elle.

– C'est vrai qu'il a l'air horrible, mais moi, j'ai envie de le connaître. Cet article donne beaucoup d'informations sur ce qu'il lui est arrivé. Ça nous évitera de lui demander trop d'explications sur sa situation, dont il n'a sûrement plus envie de parler. T'imagines un peu : quatre ans d'hospitalisation pour finir dans cet état ! Je ne souhaite ça à personne. Et puis je déteste qu'on se moque des infirmes, ajoute-t-elle, de la colère dans la voix

– Pardonne moi, Jen, je ne me moquais pas, mais quand je vois la photo, moi, ça me déprime. Passer des jours et des jours avec lui, si c'est bien ce que tu t'apprêtes à faire, je préfère t'avertir tout de suite : ce n'est pas dit que tu tiennes le coup.

Jen lui rend le journal, agacée.

– Si ça pose un problème pour toi, je le rencontrerai toute seule ! Et j'aimerais le voir vite, alors bouge tes fesses et appelle son éditeur !

Elle a le regard sombre des mauvais jours, Cécile change vite de sujet.

– N'oublie pas le rendez-vous avec Martin Scorsese à 15 heures chez lui. Je vais nous commander une voiture quarante minutes avant, ça devrait suffire.

– Tu *me* commandes une voiture.

– Je ne t'accompagne pas ?

– Non.

– Et pourquoi ?

– Parce que c'est comme ça.

52

Avril 2015
Scorsese le magicien

Jennifer

Cette ville est étrange. Étendue comme une métropole alanguie dont on ne voit ni la fin ni le commencement et la nuit, elle s'étale comme une moquette phosphorescente, sous un manteau d'étoiles.

Assise à l'arrière de la limousine qui serpente à travers les collines de Mulholand Drive, je regarde défiler le paysage.

J'essaie de me concentrer sur ce que je vois, de calmer ma respiration, mais je suis un peu nerveuse. Scorsese est un monstre sacré. Si Cécile avait été là, elle aurait su trouver les mots pour m'aider à me détendre. J'ai été un peu dure avec elle, mais ce qu'elle peut être tellement agaçante parfois ! Et moi, je suis trop impulsive. Je m'en veux d'être comme ça quelquefois, mais, comme dit Éléonore, on ne change pas les rayures du zèbre.

Je jette un coup d'œil à ma montre. Ça fait plus d'une demi-heure que je suis partie, on ne devrait plus être très loin. En effet, quelques miles encore, et le chauffeur met son clignotant à droite pour s'engager dans une allée goudronnée qui grimpe jusqu'à un portail noir en métal. Il descend de la voiture, il s'approche d'un interphone, signale notre arrivée et revient vite sur ses pas. Les portes s'ouvrent à deux battants pour nous laisser pénétrer sur un parking *visiteurs*.

Je ne lui laisse pas le temps d'ouvrir ma portière et je me dirige vers ce qui ressemble à l'entrée de la maison. Trois marches, puis une immense terrasse qui semble faire le tour de la bâtisse aux baies vitrées. Devant moi, une large porte en teck avec un carillon encastré dans le mur. Je sonne, et comme par enchantement, la lourde porte s'ouvre dans un silence feutré.

Scorsese en personne m'attend derrière. Vêtu d'un genre de cardigan léger sur un pantalon de velours fin, il a ses légendaires lunettes sur le nez. Il sourit en s'avançant vers moi, les mains tendues.

– Chère, très chère Jennifer, permettez-moi de vous embrasser. Je suis tellement heureux que vous soyez là !

Il me prend dans ses bras. Il a beau avoir fêté ses 73 ans cette année, il se dégage de ce petit homme une force tranquille, une énergie incroyable, je le remarque tout de suite, il est comme un lutin, tout en muscles. Un sourire carnassier irrésistible. Il me prie de m'asseoir en anglais, me demande si j'ai fait bon voyage en italien et me propose à boire en français. Depuis que je suis entrée dans le salon, il n'a cessé de me dévisager derrière ses lunettes. Il m'a scrutée dès le premier instant. Il s'attarde sur ma petite robe en daim qui descend à mi-cuisse. Je crois voir dans son regard que je lui plais déjà.

– Que puis-je vous offrir à boire ?

– Une vodka glacée si c'est possible.

Il hausse les sourcils. Je le rassure.

– Je sais qu'il est un peu tôt pour ça, mais je ne bois de l'alcool que quand je suis très intimidée, ou très heureuse.

Il éclate de rire.

– Et là alors vous êtes très intimidée ou très heureuse ?

– Les deux, mon capitaine !

Il me regarde, attendri.

– Avant de commencer, il y a une question que j'aimerais vous poser.

– Je vous écoute.

– Pourquoi vous appelez-vous Jennifer Jones ? Ce n'est pas votre nom, n'est-ce pas ?

– Non, en effet. J'ai choisi ce nom au hasard. Je trouvais qu'il sonnait bien. Et puis il n'est pas très loin de mon prénom d'origine.

– Quel est votre vrai prénom, alors ?

– Jeanne.

– Oh, mais c'est très charmant aussi…

– Et puis, quand j'ai consulté Internet pour voir si ce pseudo existait déjà, je suis tombée sur le nom d'une actrice des années 1930 effectivement. Mais, à l'époque, je n'y ai pas vraiment prêté attention. J'aurais peut-être dû…

L'espace d'un instant, je me revois dans mon deux-pièces de la rue de Prony à mes débuts, quand j'ai eu cette soudaine inspiration.

– Merveilleux, merveilleux, répète-t-il en m'écoutant évoquer cette anecdote. C'est aussi pour ça que j'ai voulu vous rencontrer, Miss Jones. Vous venez de m'apporter la réponse que j'attendais.

Il me regarde d'un air malicieux.

– Le rôle que je vous propose est justement celui de cette comédienne au destin exceptionnel. Je vais vous résumer son histoire, vous allez comprendre d'où m'est venue cette idée un peu folle et pourtant tellement évidente pour moi.

Maintenant je crois deviner le scénario qu'il s'apprête à me raconter.

– Mais, avant de commencer, sachez que votre fausse ancêtre Jennifer Jones, *alias* Phillis Flora Easley, est née en 1919 dans l'Oklahoma. Une fille d'acteurs ambulants, qui vont bientôt devenir, figurez-vous, propriétaires d'une salle de cinéma, ça encourage la vocation, j'imagine…

Je bois une gorgée de vodka en espérant ne pas me tromper sur mon intuition.

– Alors elle débute à l'American Academy of Dramatic Arts de New York en 1936, où elle rencontre Robert Walker, son futur mari. Elle a tout juste 20 ans. Tous deux partent tenter leur chance à Hollywood. Elle y décroche des petits rôles, et finit par être remarquée par David O. Selznick, le grand David Selznick, qui lui signe un contrat de sept ans.

Il s'interrompt un instant.

– Vous suivez toujours, Jennifer ?

– Comme au cinéma !

– On ne saurait mieux dire ! s'esclaffe-t-il. C'est cette année-là qu'elle change de nom. Et le film qui va la lancer, ce sera *Le Chant de Bernadette*, qui retrace la vie de Bernadette Soubirous.

Et là, Oscar de la meilleure actrice !

Ensuite, *Après ton départ*, titre prémonitoire, puisqu'elle divorce de Robert Walker en devenant la maîtresse de Selznick, c'était prévisible. Et deuxième nomination aux Oscars ! Dans la foulée, elle est à l'affiche du dernier Lubitsch pour la Fox, cette fois-ci. En 1946, on la retrouve dans *Duel au soleil*, un film qui rivalise en budget avec *Autant en emporte le vent*, mais qui n'obtiendra malheureusement pas le même succès. Je vous fais grâce des détails, mais sachez que ce film a coûté huit millions de dollars, à sa sortie, il sera condamné par l'Église, les ligues catholiques et les ligues de décence pour son érotisme torride ! Et puis nouvelle nomination aux Oscars, plus rien ne l'arrête, elle tourne avec John Huston, en plus d'une émouvante *Madame Bovary* sous la direction de Vincente Minelli.

Il s'interrompt, le temps de boire une gorgée de son café italien.

– Je ne vous ennuie pas ?

– Pas le moins du monde, je la découvre et je trouve ça passionnant !

– En 1955, elle est la vedette de *La Colline de l'adieu* pour la Century Fox, c'est sa cinquième nomination aux Oscars. C'est fou, non ? Elle enchaîne sur *L'Adieu aux armes*, adapté du roman d'Hemingway. Ce sera la dernière grosse production de Selznick. Un fiasco. Elle attendra cinq ans avant de reprendre le chemin des studios, et de faire un retour remarqué dans *Tendre est la nuit*, adapté du roman de Fitzgerald, mais Selznick meurt, et elle se trouve complètement démunie. Commence alors ce que j'appelle les années sombres.

Il me regarde du coin de l'œil.

– J'ai bientôt terminé, Jennifer… Sachez qu'elle a fait une tentative de suicide en 1967. Mais heureusement, quatre ans plus tard, elle renaît à la vie en épousant Norton Simon, industriel richissime et collectionneur d'art. On lui propose une apparition prestigieuse dans *La Tour infernale*, et puis arrive le drame. Sa fille se suicide en 1976, elle quitte alors le monde du cinéma pour fonder la Jennifer Jones Simon Foundation for Mental Health en 1980, on n'entend plus parler d'elle autrement que pour ses œuvres de charité. Elle meurt à

Malibu le 17 septembre 2009, à l'âge de 90 ans. Voilà toute son histoire.

Martin Scorsese reprend son souffle et m'observe, interrogatif.

– Pardon d'avoir été aussi long, mais c'est important que vous ayez en perspective le roman de sa vie. Moi, ça m'évoque déjà tellement de séquences…

Je suis bouleversée par ce destin incroyable et qu'il ait pensé à moi pour ce rôle. Je me lève du canapé et m'approche de lui :

– Martin, est-ce que je peux vous embrasser ?

Surpris, il me sourit. Je prends ses deux mains entre les miennes et les embrasse avec une dévotion sincère.

– Savez-vous ce qui m'a poussé à vous proposer de l'incarner, Jennifer ?

Je lui réponds en souriant :

– Mon pseudonyme, peut-être ?

– J'en ai largement tenu compte, vous imaginez bien. Avec un slogan pareil, « Jennifer Jones par Jennifer Jones », on va tous les rendre fous ! Je connais votre filmographie par cœur aussi, mais savez-vous que vous avez commencé votre carrière l'année où elle est décédée. Et ça, pour moi, c'est un signe du ciel.

Il reprend, visiblement heureux.

– Le tournage devrait commencer dans deux ans. Les jeunes producteurs comme moi, ajoute-t-il en souriant, ont de plus en plus de mal à monter le financement de leurs films. C'est le deuxième biopic que je produirai dans ma carrière de cinéaste. J'espère vous faire parvenir un script complet avec les dialogues vers la fin de l'année. Je vous confirmerai aussi le nom de vos partenaires. Leonardo DiCaprio et Robert de Niro sont pressentis. Vous serez la plus jeune, la star féminine, alors je prie déjà pour que les assureurs acceptent de couvrir le film sur votre jeune âge…

Jennifer Jones par Jennifer Jones, qui pouvait prétendre avoir eu cette idée sur la planète Hollywood ? Personne à part lui.

Vingt fois, j'ai dit oui. J'ai conscience de ce qu'implique un tournage pareil, il ne m'a rien caché. Je commencerai dans la peau d'une jeune femme couverte de gloire, avant de finir en vieille dame ridée, revenue de toutes les déceptions de la vie.

Je le serre encore longuement dans mes bras, avant de m'engouffrer dans la voiture. Un dernier mot par la vitre ouverte :

– Merci, Martin, merci encore d'avoir imaginé tout ça autour de moi. Un jour, Dieu vous le rendra !

– C'est possible, Jennifer, d'ailleurs savez-vous que j'ai voulu être prêtre quand j'avais 14 ans ? dit-il en ouvrant les bras à la manière d'un prêcheur.

– Non, je l'ignorais. Mais je suis tellement heureuse que vous ayez changé de vocation, Martin !

Un jour, elle saura tout de la vie de Scorsese, qu'il va par exemple régulièrement prier dans une petite chapelle sur la route de San Diego, elle connaîtra même le montant en dollars des dons qu'il adresse chaque Noël aux œuvres catholiques de sa paroisse. Pour l'instant, elle lui renvoie son plus beau sourire, accompagné d'un au revoir de la main. Le chauffeur démarre et Jennifer se laisse glisser doucement sur le cuir de la limousine.

Elle penche la tête en arrière, ferme longuement les yeux, il lui arrive de prier à elle aussi. Et plus souvent qu'on l'imagine, elle sait pour qui et pour quoi, mais ça, elle le garde jalousement en elle.

53

Mars 2015
L'appel d'Andrew

William

Andrew m'a appelé ce matin. Ça y est !

Le piège a fonctionné, ou le miracle a eu lieu, c'est comme on veut.

Merci, merci mon Dieu, si j'avais mis ça dans un roman, personne n'aurait voulu le croire. Et là, c'est arrivé pour de vrai. La vie a souvent plus d'imagination que n'importe quel auteur de fiction.

Elle a lu le livre, elle veut l'adapter au cinéma, Andrew a parlé avec son agent. En l'entendant me dire ça, mon cœur battait presque aussi fort que le jour où j'ai découvert son visage en couverture de *Vogue*, j'avais l'impression qu'il cognait dans le téléphone. J'ai pourtant tenu toute la conversation en laissant planer un certain doute.

– Mais Jennifer Jones, mon William, Jennifer Jones, réfléchis quand même ! martelait Andrew dans l'appareil. Tu l'adores, tu m'as encore parlé d'elle la semaine dernière ! Tu m'as demandé une copie de son dernier film ! Je t'ai promis de t'en trouver une, mais, pour l'instant, il n'est que sur grand écran.

– Oui, c'est vrai, c'est vrai, c'est une formidable actrice. Mais dans ce rôle-là, le rôle de la prof… Tu ne crois pas qu'il faudrait une femme peut-être un peu moins… glamour ?

– Certainement pas ! J'ai vu des photos d'elle où elle est totalement naturelle, elle a un visage tellement émouvant. À mon avis, cette fille-là peut tout jouer, et c'est assez rare, tu sais.

J'ai laissé passer un long silence. Il a repris, insistant :

– Son agent est d'accord pour qu'elle vienne dîner avec moi à Londres, le plus tôt possible, on peut envisager un protocole rapide. J'ai déjà demandé une grosse avance sur droits…

– Ah, je te reconnais bien là, mon Andrew !

– Bon, tu marches ou pas ? me demande-t-il agacé. Je le monte, ce rendez-vous, oui ou non ?

Il fallait arrêter de jouer au chat et à la souris.

– Évidemment ! Mais promets-moi de ne jamais lui dire que je l'admire. Je n'ai pas envie qu'elle me considère comme un fan.

J'entends un petit gloussement de plaisir.

– Mais au contraire ! Elle serait très fière de travailler avec toi sur l'adaptation. Pour elle, tu es un génie. Elle veut absolument te connaître.

Mon cœur s'est emballé à l'idée de la revoir.

– N'en rajoute pas trop quand même, Andrew. Restons lucides.

Moi, j'ai envie de danser dans mon bureau, pas moins. Et je rajoute :

– Fais comme tu le sens, mais préviens-moi, si je dois la rencontrer. Je voudrais que ce soit ici, au cottage. J'ai beau avoir fait mon *coming out* du musée des horreurs, je n'ai pas envie qu'on me voie un peu partout dans Londres avec elle.

– C'est compris. Je te rappelle.

Je sors de mon bureau en sifflotant. J'enfile un manteau, une écharpe, et j'appelle mes chiens, en me dirigeant vers la cuisine.

– Janet, s'il vous plaît.

– Oui, Monsieur ?

– Je descends marcher une petite heure.

– Très bien, vous serez rentré pour le déjeuner ?

J'aime la façon dont elle me sourit, protectrice, toujours, tout le temps.

– Ne vous embêtez pas. Préparez-moi une salade, coupez un peu de jambon et laissez tout ça sur la table. Je me débrouillerai en rentrant. Merci, Janet.

Je descends l'escalier qui mène à la plage en tenant la rambarde.

J'avance avec précaution, marche après marche. S'il y avait une caméra postée devant moi, on me verrait sourire. J'aimerais courir sur le sable tellement je suis heureux. Je parle à mes chiens, je massacre une vieille chanson des Beatles. C'est déjà beaucoup pour mes cordes vocales.

Quinze ans que j'attends ce rendez-vous !

Elle ne me reconnaîtra pas, mais moi je vais la revoir en chair et en os. Ça me fout des frissons dans le dos ! Je l'imagine déjà assise à mon côté. Je vais entendre à nouveau le son de sa voix, je vais déjeuner avec elle, dîner avec elle, respirer son parfum. Je l'inviterai à dormir ici si elle est d'accord. Je ferai ce qu'elle voudra, comme elle voudra, quand elle voudra. Je n'exigerai rien, je me perdrai en elle, ce sera ma seule façon de l'aimer.

Je n'en ai pas d'autre.

54

Mars 2015
Le Cipriani

L'éditeur Andrew Reynolds est venu les attendre à l'aéroport d'Heathrow. Présentations faites, il les a conduites directement au Connaught, l'hôtel où il a réservé pour elles deux chambres communicantes, comme convenu. Ils se séparent dans le hall, Andrew les prévient que le chauffeur reviendra les chercher à 20 heures pour dîner au Cipriani.

Il leur a réservé une table à l'abri des regards, ce qui n'est pas évident dans ce restaurant londonien où se pressent midi et soir les *happy few* de la City. Il n'est d'ailleurs pas rare d'y croiser le prince Harry en compagnie d'une de ses nombreuses conquêtes.

Avant d'engager la conversation, qui se déroule en anglais, Andrew avise le sommelier et propose une coupe de champagne pour tout le monde.

– Ainsi, mademoiselle Jones, vous souhaitez acquérir les droits de *La Seule Façon d'aimer*, pour en produire un film ? Vaste ambition, qui vous honore…

– Oui, cette histoire me touche particulièrement. C'est un rôle de femme que j'imagine merveilleux, en dehors de tout ce qui fait le sel de ce roman. Sincèrement, c'est le récit le plus romantique qui m'ait été donné de lire depuis longtemps.

– Jennifer, intervient Cécile, souhaite aussi s'associer à l'écriture du scénario et des dialogues. Si Mr William Westwood y consent, bien évidemment.

Les coudes sur la table, les mains croisées, Andrew rétorque aussitôt :

– Je ne peux évidemment pas me prononcer en son nom, c'est pourquoi ce rendez-vous avec lui sera déterminant, mais sachez que, par le passé, il n'a pas participé à l'adaptation qui a été faite d'*Alexandra*. Pour ce qui est de sa personnalité, je dois vous prévenir que vous allez rencontrer un homme terriblement marqué par son accident de moto.

– Il souffre beaucoup ? demande Jennifer.

– Il n'en parle pas. Mais c'est vrai qu'il marche avec difficulté par moments et reste défiguré malgré les nombreuses opérations qu'il a subies. D'ailleurs, il porte en permanence des lunettes fumées pour masquer les cicatrices autour de ses paupières. Vous le constaterez si vous travaillez ensemble. Il m'a confié récemment que c'est l'état de son visage qui lui pèse le plus.

– Comment ça ? l'interroge Jennifer.

– Il ne se reconnaît plus. Même sa voix a changé. Vous imaginez ? L'accident lui a tout pris. Mais il reste un homme étonnant. D'un courage exemplaire. Il ne se plaint jamais.

Il s'arrête un instant et reprend d'un ton plus léger :

– Sachez aussi que vous pourrez parler en français avec lui. Il a grandi en France et parle couramment votre langue. Et puis, n'hésitez pas à le faire répéter si vous ne comprenez pas ce qu'il dit, il est tout à fait conscient de son handicap. Il n'y a pas de problème.

– Il vit seul ? demande l'actrice.

– Oui. Mais sa maison est juste à côté du manoir de sa sœur, où elle passe tous ses week-ends. Ils sont très proches, et vous serez certainement amenée à faire sa connaissance un jour ou l'autre.

– Il vient à Londres quelquefois ? demande Cécile.

– Jamais. Il ne s'est montré qu'une fois en public, le mois dernier, pour la promotion de son roman, mais c'est tout.

Il marque une pause pour boire un peu de champagne, et il continue.

– Je le connais depuis longtemps, vous savez. C'est un homme doux, attentif aux autres, mais très solitaire. Il peut rester des heures enfermé dans son bureau, à écouter de la musique en regardant la mer, vous voyez le genre ?

Il s'arrête encore, pour finir son verre cette fois.

– Une dernière chose, quand vous viendrez au cottage, vous croiserez deux personnes qui sont à son service, *Jeannette*, la gouvernante (il l'a prononcé en français), c'est bien comme ça qu'on dit à Paris ? Et puis Mark, le chauffeur, qui est un peu l'homme à tout faire dans la maison. Ils sont aussi sympathiques qu'indispensables, vous le découvrirez en allant là-bas.

Il lève le doigt pour une ultime précision.

– Ah ! Et puis j'allais oublier, où avais-je la tête… Ses trois chiens : Jésus, Notre-Père et Saint-Esprit. Ils ne le quittent jamais, je crois même qu'ils dorment avec lui.

Jennifer éclate de rire.

– Comment il les a appelés, oh mais j'adore ça !

– Oui, pour le coup, c'est un singulier personnage ! Mon auteur préféré autant que mon meilleur ami, mais ça, vous l'aviez déjà deviné.

Il souffle un peu, en observant leur réaction. Elles sont dubitatives.

– Maintenant, mesdemoiselles, après avoir beaucoup parlé, je dois vous dire que j'ai une faim de loup, je vous recommande les lasagnes du jour, le chef les cuisine deux fois par semaine, et elles sont renversantes.

Il fait signe au maître d'hôtel, qui s'approche.

– Pardon, M. Reynolds, un mot encore, l'interrompt Jennifer. Comment a-t-il accueilli ma démarche en dehors de l'acquisition des droits que vous avez négociée avec Mlle Chagourny ?

– Intrigué, surpris. Mais à mon avis déjà un peu consentant. Il m'a répété plusieurs fois votre nom : « Jennifer Jones, Jennifer Jones, l'actrice ? Ça alors ! »

– Donc je ne suis pas une inconnue pour lui. Je prends ça pour un encouragement.

– Mais qui ne vous connaît pas ici, Mrs Jones ? Regardez autour de nous, tous les visages de vos admirateurs qui se tordent le cou pour tenter de vous apercevoir.

55

Avril 2015
La rencontre

William

J'entends la voiture arriver, le moteur qui s'arrête, les portes qui claquent, le bruissement de leurs pas sur le gravier de l'allée.

On se croirait dans le générique d'un film à suspense.

Trente secondes encore et Mark va leur ouvrir la porte.

Trente secondes de plus et elle va être là, devant moi. J'en ai les mains qui tremblent. C'est fou, ce trac qui me prend. J'attends ça depuis quinze ans. Alors quoi, j'ai peur maintenant ? Un peu de courage, bordel ! Je suis heureux comme jamais. Anxieux aussi. J'avale une rasade de whisky à même le goulot pour tenter de m'apaiser. Et si je sentais l'alcool ? Je m'en fous, tous les écrivains sont plus ou moins alcooliques, non ? Je jette un coup d'œil au miroir du bureau. Avec mes longs cheveux gris, je ressemble à Davy Crockett. Enfin, à l'image que j'en ai gardée. Je rajuste mes lunettes noires, des Oliver Peoples, ma plus belle paire parmi la dizaine que je possède. Je vérifie que mes cicatrices sont bien cachées par les deux foulards que j'ai noués autour du cou, un jaune et un bleu, qui descendent dans l'échancrure de ma chemise Ralph Lauren, jaune, elle aussi. Avec mon gilet en velours vert bouteille et mon pantalon en lin beige, j'ai l'air d'une gravure de mode. Sans compter mes bottines de chez Weston, *so expensive* que je préfère en oublier le prix. Après tout, je ne suis plus Frédéric Durban, mais William Wetswood, l'écrivain *successfull.* Je peux m'offrir tout ça ! Très élégant, le garçon, très élégant, mais affreux à regarder… Et si elle finissait par me reconnaître ? Dernier coup d'œil dans la glace.

Non, impossible.

Ça y est, j'entends leurs voix dans le hall. Je me précipite pour les accueillir et m'entends prononcer cette phrase d'une telle banalité que je m'en serais foutu des claques :

– *Oh, what a great day ! It's so nice to meet you !*

*

Cécile Rainbow

Jamais je n'ai vu Jen comme ça.

À partir du moment où ils ont été face à face, ils sont entrés en symbiose, comme s'ils s'étaient longtemps cherchés, comme s'ils venaient de se retrouver alors qu'ils ne se sont jamais rencontrés. Tout simplement incompréhensible. Ils se parlaient en français et se sont tutoyés très vite. Connection sans préambule. Séduction immédiate. Tout au long du déjeuner, je les ai observés. Ils se plaisaient, c'était évident. Andrew Reynolds et moi n'avions plus rien à faire là. Aussi inutiles qu'encombrants. Oui, c'est exactement la sensation que j'ai eue, celle d'être en trop. C'est bien simple, on aurait pu se lever de table, ils n'auraient même pas remarqué notre absence.

À peine assise à sa place, Jennifer a immédiatement parlé du roman. Elle qui maîtrise tous les codes du *small talk*, n'a pas dit un mot de l'incroyable atmosphère du cottage ni des magnifiques paysages que nous avions traversés en voiture. Rien du tout.

Elle était comme aimantée par William, subjuguée par lui, par sa voix, ses mots. Tous deux ne parlaient que d'Elaine et d'Oliver, les personnages du roman, mais avec beaucoup de retenue, beaucoup de pudeur. Au fil de leur conversation, la voix de William Westwood perdait un peu, me semble-t-il, de cette résonance caverneuse. Cette voix sourde et inquiétante devenait de plus en plus convaincante. Pas une fois elle ne lui a demandé de répéter une phrase.

En milieu d'après-midi, ils ont décidé de descendre sur la plage. Là encore, M. Reynolds et moi marchions un peu devant en échangeant des paroles de satisfaction devant leur complicité inespérée. Et puis, surpris par la pluie, nous sommes rentrés au cottage, où un feu nous attendait dans la cheminée du salon, Jennifer et William se sont affalés dans des fauteuils chesterfields comme des nageurs épuisés. Ils ne se sont plus adressé que des banalités jusqu'à notre départ en promettant de se revoir au plus tôt.

En tête à tête la prochaine fois.

Notre avion s'est posé à Londres dans la soirée, on a attrapé de justesse la correspondance pour Paris. Le taxi qui nous attendait à l'arrivée nous a déposées à nos adresses respectives. Jen m'a à peine embrassée au moment de se dire au revoir. Je n'existais plus.

*

Andrew Reynolds

En tant qu'éditeur, je suis totalement ravi de l'entente spontanée entre William et Jennifer Jones. Il suffit de les écouter se parler quelques minutes pour comprendre qu'ils sont sur la même longueur d'onde, ont la même vision du livre et du film. Ensemble, ils vont accoucher d'un formidable scénario, j'en suis sûr ! William commence une phrase, Jennifer la finit dans la foulée, deux comédiens en pleine répétition qui connaissent déjà leur texte par cœur. Impressionnant.

En tant qu'ami, je suis un peu sur le cul.

Comment William a-t-il réussi à séduire une jeune femme aussi belle que Jennifer Jones, le temps d'une demi-journée ? Parce qu'il l'a séduite, ça, j'en mettrais ma main au feu. Leur complicité n'est pas que mentale.

Non, il y a autre chose entre eux d'indéfinissable et d'évident. Qu'est-ce qu'elle a vu en lui ? Comment peut-on tomber sous le charme d'un homme dont on ne discerne pas le regard ? À aucun moment, il n'a retiré ses lunettes noires. Pourtant on aurait dit qu'il la dévorait des yeux. Qu'entend-elle au-delà de cette voix ténébreuse ? Mystère.

Ils se sont parlé pendant plus de trois heures, mais pas que du livre. Des souvenirs épars, de-ci-de-là, qu'ils échangeaient en aparté, et ça avait l'air de les faire beaucoup rire. De temps à autre, Cécile Rimbaud et moi, nous jetions des coups d'œil étonnés. Nous n'étions que des caisses enregistreuses de ce dialogue ininterrompu. N'eussent été les incursions de Miss Clifford nous demandant entre les plats si nous apprécions sa cuisine, nous n'aurions pas pu ouvrir la bouche de tout le repas.

J'ai eu tout le loisir d'observer l'actrice. Sa beauté est à couper le souffle. Elle est belle même quand elle mange, quand elle tamponne ses lèvres d'un coup de serviette rapide, quand elle se gratte le nez, ou passe une main dans ses cheveux. Elle est belle tout le temps. Mais il se dégage d'elle une sorte de fragilité. On devine en elle des fêlures, des blessures secrètes. Je me demande quelle a été sa vie avant de se retrouver sous le feu des caméras et des appareils photo. Derrière son armure de star, on sent une vulnérabilité. Je ne sais pas pourquoi je dis ça. En vérité, il y a quelque chose de similaire entre eux. Imperceptible. J'ai essayé de mettre le doigt dessus pendant tout l'après-midi. En vain.

En pensant au moment où les deux femmes partiraient, j'ai éprouvé une profonde tristesse pour William. Je l'ai imaginé, de nouveau seul, et je me suis dit qu'elle allait lui manquer.

Peut-on souffrir du départ de quelqu'un que l'on connaît à peine ? Oui. Indéniablement, je crois. Au moment des adieux, ils se sont promis de se revoir. Ici, au cottage, dans dix jours. Et elle a eu ce geste tellement inattendu. Au lieu de lui serrer la main comme l'a fait Cécile ou de l'embrasser sur la joue, elle a pris ses deux mains dans les siennes en les portant à ses lèvres et lui a dit :

– Merci encore pour ce livre, William, je crois que je n'ai jamais rien lu d'aussi beau.

Il a secoué la tête comme pour dire : *Oh, vous savez ce n'est pas grand-chose*, mais j'ai bien vu qu'il était profondément touché.

Touché au cœur même, c'était flagrant.

Dans la voiture, elle s'est retournée un instant pour le regarder debout derrière la grille. Elle a esquissé un geste d'au revoir, et n'a plus prononcé un mot jusqu'à l'aéroport.

*

Janet Clifford

À moi, on ne me demande jamais rien, mais je peux vous dire que Mlle Jones est souvent revenue au cottage.

Six ou sept fois, jusqu'à la fin juin. Mais rien à voir avec les « demoiselles de Londres », ça non, alors ! Elle ne vient pas pour une nuit, elle !

Il lui arrive de rester plusieurs jours. En mai, elle est même restée une semaine entière. Pour travailler. Je crois qu'ils écrivent un film ensemble avec Monsieur. Ils s'enferment de longues heures dans le bureau et parlent tout le temps. On les entend à travers la cloison. Ils écrivent aussi beaucoup, vu les papiers chiffonnés que je trouve dans la corbeille.

Ici, tout le monde aime Mlle Jones, même les chiens.

Et les bêtes, ça ne trompe pas.

Elle est gentille. Souvent, elle me rapporte de Paris un foulard, un parfum, une babiole. On est sensible à ces choses-là, nous autres, les gens de maison. Mark me dit qu'elle n'est pas très causante quand il va la chercher à l'aéroport, ou la ramener, mais moi je préfère ça. C'est une jeune femme discrète. Je sais bien que c'est une star, j'ai vu toutes ses photos dans le bureau de Monsieur, il en a mis partout, et maintenant je guette les couvertures de magazines quand je vais chez le coiffeur. Pourtant, ce n'est pas quelqu'un de mon époque. De toute façon, le cinéma, je n'y vais plus depuis qu'ils ont fermé celui du village il y a trois ans, à cause d'Internet. C'est Mark qui m'a expliqué que, avec toutes ces technologies, les gens ne sortent plus de chez eux. Ça ne nous mène à rien de bon, moi je vous le dis ! Il m'a confié aussi que c'était un ancien mannequin. Ça ne m'étonne pas, quand elle marche, elle a une distinction naturelle. Et quelle éducation ! La dernière fois, elle m'a même demandé l'autorisation de m'appeler Janet, vous vous rendez compte ? Elle a même ajouté : « C'est un très joli prénom, Janet ! » J'en ai rougi.

Pour dire la vérité, Monsieur n'est plus le même depuis qu'il l'a rencontrée. Plus du tout. Maintenant, quand il écoute la musique dans son bureau, il lui arrive de laisser la porte entrouverte, comme s'il voulait que toute la maison en profite, et puis quand il prononce son nom, on dirait que ça lui fait plaisir de le dire. « Janet, vous n'avez pas oublié que Jennifer arrive dans la soirée ? »

Évidemment que je n'ai pas oublié ! J'ai préparé sa chambre dans la matinée. Elle occupe toujours la même. Celle au fond du couloir, à droite de l'escalier, la seule qui est aussi grande que celle de Monsieur. Complètement à l'opposé l'une de l'autre. Ils ne risquent pas de se déranger la nuit. Et le matin, ils se réveillent avec la même vue sur la plage.

Quand ils dînent, j'ose à peine annoncer les plats. Ils parlent tout le temps. Et prennent des notes. Surtout Monsieur, qui garde toujours des feuilles et un stylo à portée de main. Ça n'a rien d'étonnant, M. Westwood est un grand écrivain, le plus célèbre du royaume et bien au-delà. Mais motus là-dessus.

Je l'ai juré à M. Reynolds et Mark aussi.

À chaque fois, en rangeant ma cuisine, je me dis que c'est un grand malheur de voir un homme comme ça, dans la force de l'âge et si talentueux, être handicapé à cause d'une saleté de moto. Je le répète souvent à mes petits-neveux, la moto, jamais ! La moto, c'est trop dangereux ! J'en ai l'exemple sous les yeux tous les jours, alors Noël ou pas Noël, vous n'aurez jamais d'argent pour acheter une moto, je veux bien vous offrir votre permis de conduire, je peux me le permettre, je suis célibataire et vieille fille avec ça, sans compter que je gagne bien, Monsieur est très généreux, je touche deux fois, si ce n'est trois, le montant du salaire de n'importe quelle femme de maison dans la région…

Si les gens savaient…

56

Mai 2015
Un scénario à quatre mains

William

Ça fait trois jours qu'elle est arrivée de Londres et je n'en demande pas plus à la vie.

La voir se balader dans la maison comme si elle était chez elle, caresser les hortensias du jardin, aller nous faire du thé quand l'envie lui en prend, fredonner un air de Mozart comme ça en passant, je ne me lasse de rien quand je l'observe. Jamais.

Je pourrais me contenter de ça pour l'éternité, vivre à ses côtés, lui parler sans la toucher, être une ombre invisible, plus de roman à écrire, plus de film à préparer, rester sur la plage en bas de la maison, assis dans le sable, à contempler l'océan et n'attendre personne.

Je rêve au-dessus de mes moyens, parce qu'il faudra bien qu'un jour elle reparte, bientôt même, il ne nous reste que trois scènes à écrire.

Je ne pourrai pas la retenir plus longtemps, je n'ai pas grand-chose à lui offrir que cette parenthèse enchantée, ces petits moments volés aux horloges impassibles.

Jennifer

C'est fou ce que je me suis habituée en quelques jours à cette maison des Cornouailles, avec ses cannes, ses parapluies, ses bottes de marche en caoutchouc, rassemblés pêle-mêle dans l'entrée.

J'en ai même déniché une paire à ma taille, pur hasard ou délicate attention ?

J'aime la compagnie des chiens aussi, j'avais presque oublié à quel point ça fait du bien, un chien. J'adore frotter mon front contre leurs têtes et passer ma main dans leur pelage indiscipliné. Ils sont souvent mouillés, ils me sautent sur les genoux sans gêne, ils sentent le lichen et les herbes folles, j'adore ça.

Tout me plaît ici, tout m'attire dans cet endroit et en même temps quelque chose m'inquiète, mais je ne saurais pas dire quoi, c'est juste une sensation, un feeling, ça n'a rien de rationnel, alors je passe, je pense à autre chose, au maître des lieux par exemple, et mon Dieu, il n'est pas aussi simple à comprendre que sa jolie maison.

J'aimerais bien en savoir plus sur lui.

J'aimerais qu'il me raconte sa vie, surtout ce passé dont il ne parle jamais.

Mais, après tout, de quoi je me mêle.

Hier après-midi pourtant, on était à deux doigts des confidences, il marchait de long en large dans le bureau, il s'est arrêté pour se servir un verre entre deux pages d'écriture, il était debout devant la baie vitrée, et ça l'a pris comme ça :

– Mon accident, j'en garde encore de graves séquelles…

Ça je le voyais bien, mais il n'a rien dit des circonstances, incendie, accident de voiture, attentat, rien.

Il a juste murmuré :

– Ça a été long, bien trop long.

C'est moi qui ai osé lui demander s'il avait eu peur de mourir à ce moment-là.

– Pas tant que ça, m'a-t-il répondu, presque souriant. Tu sais, je n'ai jamais eu peur de vivre, et ce jour-là, je ne crois pas que j'aie eu peur de mourir, je n'en ai pas eu le temps, ça, c'est venu après. De toute façon, toutes nos vies sont tournées vers ce dénouement, alors…

Il s'est retourné vers moi avec un geste fataliste.

Dans le long silence qui a suivi, j'ai eu envie d'attraper une cigarette dans le paquet posé sur la table basse.

Ça a duré deux secondes, pas plus, et je n'y ai pas touché.

Des Craven A, comme en fumait Frédéric.

William

Comme chaque après-midi après le déjeuner, on s'est installés dans mon bureau, elle confortablement blottie sur le canapé, un bloc-notes sur les genoux, et moi planqué derrière ma table, évitant de trop la regarder.

Jeanne, ici en face de moi, c'est dingue.

J'ai envie d'aller la prendre dans mes bras, de l'embrasser, de la toucher, ça me déconcentre totalement, alors je l'écoute parler.

Elle n'arrête pas de me poser des questions chaque jour un peu plus, sur ma manière d'écrire, mes rituels, si j'ai une méthode, d'où me vient mon inspiration, comment je mets en place les personnages et les situations.

Bref, un interrogatoire en règle qui me ramène en salle de classe dans un passé qui n'existe plus, quand je devais répondre à ses demandes avec précision, c'est le même regard qui ne me lâche pas…

– À la base, je m'accroche aux personnages et à leur environnement, très important, le décor, et puis bien sûr à l'idée maîtresse de leur histoire, ce qu'ils sont, ce qu'ils vont être, et avec tout ça je brode, je vais, je viens, je vois, je déchire et j'y reviens, c'est sans fin quelquefois. Je ravale mes chapitres, je recrache mes dialogues, pas très élégant, tout ça…

– C'est comme ça que tu as écris *La Seule Façon d'aimer* ?

– Oui, pareil pour *Alexandra*, je me suis glissé dans sa peau, dans son cœur, dans sa tête, et après ça, j'ai pris une chambre à l'hôtel de l'imagination…

Je l'ai fait sourire, plus je la regarde, plus je me retrouve accro, pire qu'autrefois même, allez, il faut que je me reprenne, sinon on ne va pas avancer.

– Bon, c'est pas tout, ça, mademoiselle Jones (elle sourit à nouveau quand je l'appelle comme ça), mais il nous reste trois scènes à mettre en place, on commence par laquelle ?

Elle replie ses jambes sur le canapé en mordillant son stylo.

– Celle du fast-food peut-être, quand il sort ses malheureux dollars de sa poche pour régler l'addition, moi je le trouve émouvant à ce moment-là, il joue à être un homme.

– On la cale après la scène du cimetière ?

Elle fronce les sourcils comme quand elle avait 16 ans et qu'elle était contrariée.

– Ah non non non ! Le baiser échangé sur la tombe de Scott Fitzgerald, je ne le sens pas du tout. Tu me la gicles, celle-là, William, tu me la gicles, c'est too much franchement, c'est limite ridicule.

Autrefois, quand on n'était pas d'accord sur un truc, elle clôturait la discussion par un baiser sur mes lèvres, efficace, la méthode.

Est-ce qu'elle se souvient de ces années-là ?

– C'est à ce point-là, Jennifer, elle te fait peur, cette scène, tu crains la censure ?

– Ah ça non, alors, je la trouve nulle, c'est tout. Si j'avais peur de la censure, je ne jouerais pas la séquence où ils font l'amour sur le capot de la voiture, parce que, là, on risque de voir et mes fesses et mes seins.

– OK, et celle-là, elle te paraît crédible ?

– Bien sûr, elle vient de lui donner une leçon de conduite dans un chemin de campagne désert, lui, ça l'excite, il commence à la caresser dans la voiture, le jeu de la séduction entre le prof et l'élève, c'est classique, après ça s'emballe, ils ne se contrôlent plus, ils finissent dehors sur le capot, logique.

Elle a achevé sa tirade par un sourire candide.

– Donc pas de problème avec les scènes de sexe ?

– Pas du tout, au contraire, quand le scénario l'exige, rien de plus naturel, c'est le réalisateur qui choisira, y'en a pas plus de deux ou trois, rassure-toi, je ne vais pas commencer une carrière dans le X, mais, sans fausse modestie, personne ne s'est jamais plaint de me voir à l'écran gentiment dénudée, à commencer par le public.

Elle finit dans un éclat de rire.

– Tu m'en vois ravi, dis-je, un peu moqueur, mais avec au fond de moi un sentiment de jalousie.

Très jaloux même, je revois son corps sous la moustiquaire…

– Et la scène avec le chien qu'ils ont adopté, on la garde comme dans le roman?

– Je pense, me dit-elle, mais avant ça on marque une pause, laisse-moi aller faire du thé.

– Va plutôt demander à Janet.

– Non, à mon avis, Janet est dans les chambres et j'ai envie de le faire moi-même.

Elle quitte la pièce quelques instants, le temps de me laisser sous le charme.

Quand elle revient, elle tient un petit plateau entre les mains, qu'elle dépose sur la table, elle a même pensé aux biscuits gourmands.

– Bon, alors, on y retourne, me dit-elle en esquissant une pirouette vers le canapé. Le chien, déjà, pourquoi il s'appelle Kerouac ?

– En hommage au romancier Jack Kerouac qui a écrit un chef-d'œuvre qui s'appelle *Sur la route*, comme ils l'ont recueilli sur une nationale, il m'a semblé que...

Elle me coupe en levant la main :

– C'est pas un peu téléphoné, cette référence, c'est pas un gros clin d'œil aux intellos, ça ?

– Possible, mais après tout c'est un nom comme un autre

– OK, on ne va pas se chamailler pour ça.

Elle remplit nos tasses de thé.

– Donc, ils ont ramassé ce chien perdu sans collier ?

– Oui, comme pour avoir un témoin muet de leur amour.

– Alors voilà, William, imagine le plan : ils arrivent dans le motel, ils prennent leur clé à la réception, on les voit arriver dans la chambre.

– Ils ont le chien avec eux ?

– Bien sûr, ils ont même payé un supplément pour lui.

– Et alors, il se passe quoi ?

– Ils sont crevés, ils se débarrassent de leurs fringues en vitesse, lui s'écroule sur le lit, elle, on la voit entrer dans la salle de bains, ouvrir les robinets de la douche et se glisser à l'intérieur.

Elle s'est levée du canapé, elle s'approche de moi en se passant une main dans les cheveux.

– Et la suite ?

– La suite, on la voit danser et chanter sous la douche sur la musique de *Street Fighting Man* des Rolling Stones, je t'assure que ça peut être très sexy.

– Et lui pendant ce temps-là ?

– Il est sur le lit, à chahuter avec le chien Kerouac, elle sort de la douche, se sèche les cheveux et puis, tout d'un coup, elle l'entend dire des mots tendres à quelqu'un, elle pense qu'il est au téléphone, qu'il parle à une copine, elle ouvre brutalement la porte, prête à lui faire une scène, quand elle s'aperçoit qu'en fait il s'adressait au chien. Elle est prise d'un fou rire, elle se jette sur lui, ils s'embrassent à moitié nus, avec Kerouac qui aboie autour d'eux sans comprendre ce qui se passe, ça se finit en bataille de polochons, avec des petites plumes de duvet qui volent partout dans la chambre, ils peuvent même faire l'amour à la fin si on veut.

Elle a fini sa démonstration essoufflée.

– Alors là, bravo, Jennifer, j'adore cette scène qui n'est pas dans le bouquin.

– Mais enfin, il faut bien que je justifie de temps en temps ma participation au scénario, et puis tu veux que je te dise le plus drôle, si ça se trouve, c'est le chien qui va ramasser les faveurs du public. C'est souvent comme ça quand il y a un animal dans un film.

Elle se tient droite devant moi, quelque chose me dit qu'elle semble assez fière d'elle, ça se lit sur son visage, autre chose me dit que je retombe quinze ans en arrière dans un lycée versaillais. Elle est là debout, dans un rai de lumière, elle est plus que belle, elle est magnifique.

La fin, William, la fin, il nous manque juste maintenant l'image de la fin, ce que tu as écrit, c'est vraiment trop triste, trop sombre.

Je me lève de mon bureau en étirant les bras :

– C'est possible, mais en attendant d'y réfléchir, faisons-le en marchant, je te propose qu'on aille prendre un peu l'air, regarde à la fenêtre, il fait encore très beau. Profitons-en, ici, en Angleterre, les gens disent que l'été tombe souvent un dimanche. C'est une plaisanterie dont je ne me lasse jamais !

57

Deux fantômes
Mai 2015

William

C'est le climat que je préfère, du plein soleil entrecoupé de nuages avec une brise de vent qui fait chanter les vagues.

Elle marche à côté de moi sur la plage, je la regarde à la dérobée, je ne regrette rien de ce qui est arrivé, comment pouvais-je résister à ces yeux-là, à ce sourire-là.

Qui est-elle aujourd'hui ?

Qu'est-ce qui me retient de l'appeler Jeanne, Jennifer Jones n'existe pas, William Westwood non plus.

Je l'ai observée cet après-midi aux alentours de 16 heures, j'ai bien vu son regard flotter un court instant, s'absenter du moment présent, et j'en aurais hurlé de joie.

À quel moment allons-nous tomber les masques ?

Est-ce que je vais en avoir le courage ?

Pas sûr.

Jennifer

Comme chaque soir depuis que je suis là, on a monté ensemble l'escalier qui mène vers nos chambres, comme chaque soir, je l'ai salué d'une petite révérence espiègle avant de nous séparer.

– Bonsoir, monsieur l'écrivain.

– Bonne nuit, mademoiselle Jones, dormez bien et ne rêvez pas trop de ces personnages qui vous feraient passer une nuit blanche.

Je suis entrée dans ma chambre, j'ai allumé la lampe de chevet, je me suis déshabillée lentement devant la fenêtre, où la pleine lune étendait son voile de lumière sur la mer agitée, et j'ai commencé à penser à lui.

À cet homme étrange, avec ses gants de latex couleur chair qui dissimulent ses doigts mutilés, je trouve que ça lui fait des mains de magicien ou de cambrioleur, la matière très fine colle à sa peau.

– Ça m'aide à écrire normalement, m'a-t-il dit, je sens à peine la différence.

– Et l'ordinateur, ça ne serait pas moins fatigant ?

– Tu n'as pas tort, d'ailleurs je sais m'en servir, mais seulement quand j'ai fini d'écrire à la main. Mes premiers collaborateurs, ça reste quand même ces stylos que tu vois et ces rames de papier...

Demain matin, il faut que je lui demande de m'en faire essayer une paire, je veux savoir ce que ça fait d'écrire avec ça.

Pour l'instant, je n'arrive pas à trouver le sommeil, je tourne mes oreillers dans tous les sens, je me tortille entre les draps, je crois que cette pleine lune va me rendre folle.

Allez ! Trois minutes sans bouger, juste les yeux ouverts à regarder le plafond…

Ne pense à rien. Zen. Détends-toi.

Et puis voilà qu'un truc me traverse le crâne comme une douleur, ça fait peur, mais ça ne fait pas mal.

Est-ce que je ne suis pas en train de tomber amoureuse de cet homme-là ?

Il ne manquerait plus que ça, c'est du grand n'importe quoi, j'ai pourtant fait assez de bêtises dans ma vie.

Alors pourquoi je n'arrête pas d'y penser ?

Pourquoi je le mets en concurrence avec Frédéric, ça n'a aucun sens.

Je n'ai connu que des amours transitoires, des guerriers de passage, OK, mais je n'ai jamais aimé que lui, je le sais bien.

Est-ce que Frédéric m'empêche de vivre ? Peut-être, mais je n'ai jamais voulu vivre autrement qu'avec lui.

En fait, l'adolescente que j'étais n'a pas grandi d'un pouce, c'est ça le problème, je n'ose même plus parler de lui avec Mamina, ça ne sert à rien.

Bilan de la vie de Jennifer Jones : catastrophique.

Que des disparus autour de moi.

Frédéric ? Introuvable.

Mon grand-père que je n'ai jamais revu, alors qu'il n'a cessé de prendre soin de moi.

Ma mère, morte sans savoir à quel point je l'ai aimée.

Éléonore, que j'ai abandonnée en donnant si peu de nouvelles.

Et enfin Cécile, que je laisse s'embourber dans un amour qui n'en est pas un. Cécile qui cette nuit-là a été parfaite, comme d'habitude, la nuit où j'ai voulu mourir.

Cocktail d'anxiolytiques et de vodka. On m'a récupérée à temps, personne n'en a jamais rien su, elle a prétexté un burn-out professionnel pour éloigner la presse.

J'ai soi-disant passé un long séjour de repos en Grèce, alors que j'étais soigné sous un faux nom dans une clinique du Vésinet, près de Paris.

Et maintenant, William Westwood qui me ronge le cerveau.

La vérité, c'est que je suis seule.

Tout le temps seule.

Seule au milieu de ces gens qui m'envient, une femme sans foyer, sans attaches, une rolling stone comme les journaux aiment me décrire.

Une pierre qui roule, mais jusqu'où ? Jusqu'à la rivière qui emporte tout ? Au fond, c'est quoi ma vie ? Des flashs de photographes ?

Des lumières de cinéma ?

Dans vingt ans, je serai vieille, et un jour on m'oubliera.

Finir comme mon idole Marilyn Monroe, noyée d'alcool et de barbituriques, sans avoir eu un enfant, ni un amour à tenir dans mes bras.

Ils sont où, mes cachets pour dormir ?

Et mon portable ? Pour appeler qui ? Pour dire quoi ?

Depuis toute petite, Jeanne Danicourt n'a jamais eu peur des fantômes, Jennifer Jones non plus, Dieu merci. Parce qu'il y en a un qui habite là-bas, tout au bout du couloir, dans l'autre aile de la maison. Il s'appelle autant Frédéric Durban que William Westwood, et cette nuit-là, lui non plus ne dort pas.

Il rôde à travers sa chambre, il pense à elle.

58

Clap de fin
Mai 2015

Ça y est, ils ont fini d'écrire hier soir, tard dans la nuit.

Finalement, Jennifer a gagné, les deux héros ne vont pas mourir, bien au contraire, ils jurent de ne jamais se quitter, de passer leur vie ensemble.

Sur le dernier plan, on les voit franchir la frontière canadienne sur un long travelling resserré sur leurs visages amoureux, assis les jambes dans le vide à la porte d'un wagon de marchandises.

On the road again ! C'est d'un mélo, tout ça… Mais William a cédé.

Ce matin, ils ont envoyé tout le toutim par mail, scénario, découpage, dialogues définitifs, au bureau de la prod, à Paris, et chez Andrew Reynolds, à Londres.

Maintenant ils marchent bras dessus, bras dessous en bas de la maison, entourés des chiens qui se ruent sur les mouettes et ne parviennent qu'à les faire s'envoler un peu plus loin comme toujours.

Ils respirent l'air de la mer, ils avancent sans parler.

Ils ont tellement échangé de paroles au cours de ces dernières semaines qu'ils sont un peu hébétés d'avoir abandonné leurs personnages sur un écran d'ordinateur.

– À quoi tu penses, William ?
– À tellement de choses, mademoiselle Jones, que je ne sais pas par où commencer, répond-il avec un demi-sourire.

Oh que si, je sais bien à quoi je pense, Jeanne, je pense à ton départ tout à l'heure, quand tu vas rentrer à Paris, à tout ce que je vais devoir inventer comme subterfuges pour te revoir, à toutes ces heures infernales où tu vas me manquer affreusement, à tout ce que je vais ressasser dans ma tête et que je ne t'ai pas dit.

Des mots si faciles à dire pourtant, mais j'ai tellement peur de te perdre à jamais que je n'en ai pas le courage.

Un peu de toi que je retrouverai à l'occasion du tournage, ou de la sortie du film, ce sera encore un peu de toi, mieux que rien.

J'en suis là, Jeanne, désormais je te suivrai de loin en loin comme un quidam. Je surveillerai tes faits et gestes sur Internet comme ces milliers d'inconnus qui te vouent une admiration méritée.

Voilà, Jeanne, à quoi je pense, voilà ce que je ne peux pas t'avouer.

La parenthèse a été délicieuse, les comédiens excellents, on aura joué la pièce jusqu'au bout, mais je ne vois pas comment on aurait pu assurer les prolongations.

– Tu sais, William, je crois qu'on ne peut pas se séparer comme ça, ça me fait trop bizarre… J'ai bien réfléchi et je pense avoir un autre projet pour nous deux.

– Une nouvelle adaptation de *La Belle et la Bête* ?

Il sourit de sa réplique, elle lui répond sur le même ton :

– Non, j'ai envie d'écrire une adaptation à partir de toi et moi, un genre de scénario nouveau, une promesse tournée vers l'avenir, un truc un peu dingo comme on aime tous les deux.

Il la regarde en marquant un geste d'incompréhension.

Oh, William, essaie de comprendre…

– Sincèrement, je ne vois pas, tu veux m'emmener faire le tour du monde ?

– Non, pas si loin. Bien plus près au contraire. Je dirais même très très près.

Des nuages lents flottent au-dessus de leurs paroles. Il tourne la tête en désignant les vagues.

– Tu voudrais que je m'avance dans la mer ?

– Sûrement pas ! Est-ce que tu sais seulement nager ?

– Eh bien oui, figure-toi que je sais nager. Pas très bien, je te l'accorde, mais je nage quand même.

– Bon, alors, est-ce que tu oserais te lancer dans une petite traversée ?

Il réfléchit trois secondes :

– Pourquoi pas ? Ça dépend du genre de la traversée…

Elle marque un temps, prend son souffle et lance d'une voix précipitée sans le regarder :

– Un genre de voyage dans la vraie vie, toi et moi.

Et puis elle tombe à genoux dans le sable, elle relève la tête vers lui :

– En fait, je vous demande juste de m'épouser, monsieur Westwood, juste m'épouser, voilà, je l'ai dit.

Maintenant elle le regarde en souriant, assez fière de sa déclaration.

Il recule d'un pas, il la regarde à son tour, un instant tétanisé, avant de s'approcher d'elle :

– Debout, Jennifer, debout, c'est vrai que la scène était géniale, mais je n'ai pas vu les caméras…

– Pourquoi cherches-tu à m'humilier, William, pourquoi ? Je n'ai jamais été aussi sincère de ma vie.

– Sûrement, mademoiselle Jones, sûrement, vous avez une vraie grandeur d'âme, mais je refuse votre pitié.

– Ma pitié ? Mais de quoi tu parles, je n'ai pas pitié de toi, pauvre idiot, je suis seulement A-MOU-REUSE DE TOI !

– Alors, c'est encore pire, c'est que tu es devenue complètement folle, Jennifer, regarde-toi regarde-moi, c'est le jeu de « chercher l'erreur », et à tous les coups on gagne.

Il essaie de faire de l'humour pour calmer son emportement, c'est pire, elle explose de colère.

– Mais pour qui tu te prends, William Westwood ? Il y a des milliers d'hommes qui rêveraient d'être à ta place.

– Tu as parfaitement raison Jen et continue de les faire rêver, ils te méritent tous, mais pas moi.

Le cri des mouettes a couvert la fin de sa phrase, et l'océan en a rajouté le temps d'une énorme vague.

Furieuse, elle se jette sur lui et l'embrasse de force sur la bouche, elle s'accroche à son cou, mais il s'en détache brutalement et reste là, les bras ballants.

– Même après ça, tu ne veux pas de moi ?

– Plus que jamais Jennifer.

Alors elle se baisse, ramasse une poignée de sable et la lui lance maladroitement au visage.

– Tu es un monstre, William, tu m'entends, rien qu'un horrible monstre !

Elle a hurlé, elle se retourne, s'enfuit en courant sur la plage vers l'escalier qui mène à la maison, lui reste là sans bouger, les chiens aboient autour de lui, on dirait qu'ils l'engueulent.

Longtemps, il se demandera comment il a trouvé le courage de lui dire ces mots-là, il aurait dû l'appeler, lui courir après, mais le vent soufflait si fort, elle ne l'aurait pas entendu. Et puis il sait qu'il est incapable de courir.

De retour au cottage, il a retrouvé Janet, qui lui a dit la tête basse et l'air gêné que Mlle Jones avait pris ses affaires et demandé à Marc de la conduire d'urgence à l'aéroport. Il n'a rien répondu, il venait de la perdre pour la seconde fois et cette fois pour toujours.

Il est monté dans sa chambre, courbé sur son chagrin, c'est à peine s'il a entendu la voix résignée de Janet murmurée comme un reproche :

« *Elle est partie, Monsieur, elle est partie.* »

59

Juillet 2015
Une photo parmi d'autres un soir à Manhattan

Jennifer

Le vol Air France 0873 en provenance de Paris vient de se poser à La Guardia, New York, 13 heures.

Sans maquillage, lunettes noires sur le nez, casquette sur la tête et queue-de-cheval improvisée, je me suis mêlée comme d'habitude et incognito au milieu de la foule des voyageurs. Ma carte club 2 000 a facilité mon passage en douane. Le garde du corps et le chauffeur de l'hôtel Plazza ont vite récupéré mes affaires.

Je suis tellement heureuse de retrouver New York, ma suite habituelle au septième étage. Je défais rapidement mes bagages en jetant un coup d'œil vers la baie vitrée : vus d'ici, les arbres de Central Park me font penser à un champ de brocolis, je ne me lasse jamais de cette vue et de cette ville, où nantis, paumés, fils de fermiers d'Oklahoma, immigrants de l'avant-dernier bateau rêvent tous un jour d'écrire leur légende. C'est un théâtre où les chiens de compagnie promenés en laisse par les *keeping dogs* ressemblent à des politiciens de Washington.

On y respire la pollution à pleins poumons, le vent venu d'Atlantique, quand il se lève, traverse les couloirs de béton à vous faire geler sur place, vous n'avez d'autre choix que de rentrer vous réfugier dans le building de Bloomingdale pour y trouver une vague de chaleur diffusée par les mêmes climatiseurs bisexuels qui vous donneront en été un air de rafraîchissement inespéré quand il fait 35 degrés à l'extérieur.

Oui, décidément, je crois depuis longtemps que la ville de New York me ressemble, ou vice versa.

Pragmatique, électrique, hystérique et romantique, prête à tout pourvu qu'on s'y amuse ou qu'on y souffre de chagrins d'amour inconsolables.

Je n'arrête pas de penser à William.

Je n'ai plus eu aucune nouvelle de lui depuis qu'on s'est quittés sur la plage. Ça va faire deux mois. Au début, j'ai pensé laisser tomber le projet, puis je me suis ressaisie. Après tout, ce film, c'est le mien. Je le tournerai quoi qu'il advienne, j'ai supervisé le budget de la production avec Mamina, et le casting avec Cécile. Le tournage commencera en novembre, comme je l'ai décidé. Il est hors de question que je renonce à cause de lui. En tout cas, la fête de ce soir va me faire le plus grand bien.

Mon amie Samantha Brunner organise une soirée dans son penthouse de Park Avenue. Ce que j'adore chez elle, c'est qu'elle la donne toujours sans raison. Uniquement parce qu'elle aime faire la fête tout simplement. Entre nous, c'est presque devenu un rituel. Dès que je suis à New York, on passe au moins une soirée ensemble.

À 20 heures, le chauffeur de taxi commandé par l'hôtel me dépose devant l'immeuble de Samantha. Le doorman biffe mon nom sur la liste des invités, il m'a reconnue de loin et m'accompagne au pied de l'ascenseur central.

C'est un événement comme seuls New York et Susan savent en produire, encore faut-il avoir les moyens d'habiter un 600 mètres carrés au cœur de Manhattan pour que la fête soit parfaite ! Dans le miroir de l'ascenseur, je jette un dernier coup d'œil à ma tenue. Ma petite robe légère à bretelles de chez Giam Battista Valli devrait faire sensation. Je me demande ce que Samantha va porter.

Dès qu'elle ouvre la porte, on tombe dans les bras l'une de l'autre. Elle est impressionnante dans son fourreau noir de chez Dior. On l'a acheté ensemble lorsqu'elle est passée à Paris, au printemps dernier. Elle m'a fait arpenter toute l'avenue Montaigne, à la fin j'en avais mal aux pieds !

– C'est Madonna près du buffet ?

– Bien vu ! me répond Samantha. Toujours entourée d'une flopée de beaux gosses, elle ne changera jamais !

– Je la croyais exilée au Portugal ?

– Elle est revenue pour moi, chérie ! Tiens ! dit-elle en attrapant au vol une coupe de champagne sur un des plateaux tenus par les maîtres d'hôtel.

Dans un brouhaha de conversations surchauffées, les serveurs naviguent entre les convives, distribuent petits fours et alcool. On a du mal à s'entendre tellement la musique de Jay-Z cogne fort. Je salue beaucoup de monde, beaucoup d'hommes me sourient, à la fin j'étouffe un peu. Je me faufile jusqu'à la terrasse, où je parle un moment avec Lady Gaga. On s'est rencontrées à Londres à la remise des Brit Awards, quand elle a remporté un trophée pour la sortie de son album. Et son tube *I Can't Give You Anything but Love*. Je suis folle de ce titre, je le lui dis encore.

– Jen, viens !

Sam m'entraîne vers l'escalier de l'appartement qui mène à la *master suite*. Même avec les portes fermées, on entend d'ici les vibrations de la musique. Elle me raconte les derniers ragots en montant les marches.

Je l'attends dans le petit salon pendant qu'elle se remaquille. Je jette un coup d'œil distrait aux différents tableaux accrochés dans le couloir. J'ai beau être une familière de l'endroit, je n'avais jamais prêté attention à cet immense collage de photographies d'au moins deux mètres de long sur un mètre de large. Je crois que c'est une nouveauté. Je m'en approche.

Un kaléidoscope de souvenirs enchevêtrés les uns aux autres. Des dizaines et des dizaines de clichés de Sam et de son mari Paul. Je souris en les voyant collés l'un à l'autre sur les pistes d'Aspen, sur une plage des Caraïbes, attablés chez Spago, à Los Angeles, avec

Michael Douglas et Sean Penn, une autre où le couple en tenue de soirée est aux côtés de Bill Clinton. Cet étalage de célébrités l'amuse. Elle connaît des stars et en est très fière. Comme une marque de réussite. Il y en a tellement qu'il est impossible de toutes les voir.

Je passe d'une photo à l'autre, quand tout à coup mon regard s'accroche à un cliché qui me renverse. Je m'approche davantage. Sous mes yeux, trois garçons hilares. Un inconnu, Paul, et à sa droite, un homme qui le tient familièrement par l'épaule. Je crois que je rêve… Je m'approche encore, le nez pratiquement collé au sous-verre. Je scrute la photo, les battements de mon cœur s'accélèrent. Mais c'est pas possible, c'est pas possible… Je suis en apnée.

– Ça y est, je suis prête, dit Sam en ouvrant la porte. Pardon de t'avoir fait attendre, baby.

– Viens voir un peu ici. Qui c'est, ce type à côté de Paul ? Tu le connais ?

– Pas du tout, ma chérie. Et pour être honnête, je reconnais à peine Paul ! J'ai fait réaliser ce montage de photos pour son dernier birthday.

Elle fait tourner sa main droite au-dessus de sa tête pour signifier que les années ont passé.

– C'était du temps où il avait encore des cheveux, poursuit-elle en éclatant de rire. Avant Wall Street et la folie du Nasdaq ! Pourquoi, tu le connais, toi ?

– Il me semble que oui.

– Attends, ma puce, on va demander à Paul qui est ce mystérieux jeune homme.

Mes jambes tremblent un peu. On redescend l'escalier et on replonge dans la foule qui se trémousse dans l'immense salon transformé en dance floor.

– Il est là ! Paul, mon chéri !

Elle hurle presque en lui faisant signe de nous rejoindre. Paul interrompt sa conversation pour nous retrouver.

– Jen a une question pour toi, dit Sam.

– Oui, ma beauté, c'est quoi ta question ? Tu cherches un placement tranquille ou une action féroce me demande-t-il.

– Rien de tout ça. Je crois connaître un garçon sur le grand tableau que Sam t'a offert pour ton anniversaire. Tu veux bien monter avec moi pour m'aider à l'identifier ?

Il éclate de rire et me lance :

– Disparaître avec toi dans les étages, darling ? Mais tout de suite, ma belle ! Tu vas faire remonter ma cote auprès de toutes les bimbos désœuvrées qui traînent dans cette soirée. Allez, viens !

Face au tableau, je lui désigne la photo, Paul ajuste ses lunettes, puis se penche pour mieux voir.

– Oh, ça, c'était il y a bien longtemps !

– C'est qui, ce type-là, qui te tient par l'épaule ?

– Un ami que j'ai connu pendant mes deux années de stage à Paris. On faisait du motocross ensemble. Il était prof de français, il s'appelle Frédéric Durban.

– Et… tu l'as revu récemment ?

– Oh non, jamais, on s'est complètement perdus de vue.

– Mais il y aurait un moyen de savoir ce qu'il est devenu ? C'est très important pour moi, Paul !

Il me regarde, intrigué.

– Oh là là, ça, c'est une putain d'histoire. Un copain de la City qui a vu la photo comme toi m'a dit qu'il l'avait croisé à Londres il y a cinq ou six ans et qu'il s'apprêtait à publier un livre.

– Il l'a connu comment, tu sais ?

– Je crois que mon pote était ami avec son beau-frère, un financier lui aussi.

Mon Dieu, j'ai le cœur qui va exploser.

– Et alors, rien d'autre ?

– Si, d'après cet ami, il aurait eu entre-temps un très grave accident de moto. D'ailleurs, j'ai essayé de reprendre contact avec Frédéric à ce moment-là, mais impossible ! Black-out total !

Mes jambes ne me portent plus, j'ai vraiment besoin de m'asseoir.

– Donc plus jamais de nouvelles ?

– Non, sinon qu'un producteur de télé un peu cinglé raconte à qui veut l'entendre que ce serait lui, l'écrivain William Westwood.

Je suis livide, je vais me trouver mal.

– Mais… mais comment c'est possible, une histoire pareille…

– Oh, tu sais, ma chérie, il y a tellement de légendes urbaines qui circulent, les gens affabulent sur n'importe quoi aujourd'hui. Mais toi, tu le connaissais ? Tu as l'air bouleversée.

Je bégaie plus que je ne parle.

– Oui… oui, je l'ai connu, Paul, bien sûr que je l'ai connu. Je te raconterai une autre fois si tu veux. Tu peux… tu peux demander à Sam de venir me voir s'il te plaît…

– Tu ne te sens pas bien, Jen ?

– Non… non, pas terrible. C'est le jet-lag et la fatigue accumulés, mais ça va aller.

Il repart vers l'escalier en se tournant vers moi.

– Va t'allonger dans la chambre, je l'appelle tout de suite.

J'ai un haut-le-cœur. Je me traîne jusqu'à la salle de bains, je me penche au-dessus des toilettes et vomis petits fours et boissons.

Une sueur froide me glace le front, je me retiens au lavabo. Je me rince le visage à l'eau fraîche en essayant de reprendre mon souffle. Sam apparaît dans l'embrasure de la porte.

– Ça ne va pas, ma Jennie, tu as besoin d'un remontant ?

Je me tiens au lavabo, les articulations de mes doigts sont blanches.

– Je crois que je fais un malaise vagal, Sam, mais ça va passer.

Je donne le change comme je peux.

– Tu sais de quoi j'ai envie, lui dis-je en souriant pitoyablement. J'ai envie d'une vodka glacée et d'une cigarette.

– Mais je croyais que tu avais arrêté de fumer, Jen ?

– Oui… moi aussi, je croyais, Sam, moi aussi…

Elle me regarde, inquiète.

– Dis-moi, est-ce que je peux utiliser le téléphone de ta chambre ? J'ai laissé mon portable à l'hôtel et je dois appeler en Angleterre, c'est très important, mais je n'en ai pas pour longtemps.

– Prends tout le temps qu'il te faut, ma chérie, t'es ici chez toi. Et surtout, fais-moi plaisir, va t'allonger un moment. Si ça ne passe pas, je fais venir un médecin. Je descends te chercher un verre. Je reviens très vite…

Je pousse la porte de la chambre et m'effondre sur le lit. Tout tourne autour de moi. J'essaie de fixer mon attention sur le tableau du mur d'en face, mes pensées défilent à la vitesse d'un manège infernal. Tout me traverse la tête. Impossible de me concentrer.

Tout me revient… Le visage de ma mère, les aboiements de mon chien Popeye, le sourire de Mamina, la silhouette de Frédéric, les baisers dans les arbres, le vent d'avril, la voix de mon père, le chemin de l'école, les amis d'autrefois, j'ai l'impression que tout m'emporte.

Je panique. Je ne sais pas combien de temps je reste prostrée comme ça. Avec ces images qui me figent. Les vagues, l'océan, sa voix qui me dit non, la rupture, le gouffre et enfin la voix de Sam qui me tire de ma torpeur.

– Voilà ta vodka, ta cigarette et mon briquet, ma Jen. Repose-toi, je repasse tout à l'heure.

Je la vois ressortir sur la pointe des pieds. Je ne touche à rien.

Peu à peu, les pulsations de mon cœur ralentissent, mon souffle s'apaise. J'attrape le téléphone et compose le numéro de William à Saint-Ives. Je l'ai tellement appelé que je le connais par cœur. J'entends sa voix. Mais je n'arrive pas à parler. Il répète plusieurs fois « Allô » dans le vide. Il va raccrocher. Il faut que je lui parle. Alors je prends une profonde inspiration.

– C'est Jennifer, William. Je suis à New York, chez Sam et Paul Winslow, et je viens de comprendre. Je sais tout, William.

À l'autre bout du fil, un long silence. Et puis sa voix mal assurée.

– Qu'est-ce que tu viens de comprendre ? Mais de quoi tu parles ?

Je me passe une main dans les cheveux, je secoue la tête, je m'efforce de continuer en me contrôlant du mieux possible.

– Écoute-moi bien : je sais que j'aime un homme qui s'appelle William Westwood et que cet homme ne veut pas de moi…

En prononçant ces mots, ma voix se brise. Au bord des larmes, je reprends en haletant :

– Je sais aussi que j'aime un autre homme, un homme que je cherche depuis quinze ans, un homme que j'ai aimé au premier regard, autant qu'il m'a aimée. Un homme qui s'appelle Frédéric Durban, et que j'ai retrouvé ce soir…

J'éclate en sanglots.

Je ne peux plus parler, je pleure sans retenue, et tout mon corps se dénoue.

À l'autre bout du fil, William en suffoque de surprise, il bredouille des mots que je ne comprends que par bribes, des excuses, des mots d'amour, des mots que j'ai tellement espérés, tellement attendus. Je me mords les lèvres pour ne pas hurler de plaisir.

– Je vais rentrer par le premier avion, Frédéric. Je vais rentrer et je vais te reprendre. Et toi, tu ne me quitteras plus jamais, tu m'entends ? PLUS JA-MAIS !

Les trois dernières syllabes, je les ai détachées, martelées. Je n'attends pas de réponse. La longue attente est terminée. À travers la fenêtre de la chambre, j'aperçois un croissant de lune éclairer le ciel noir de Manhattan. Je n'entends plus rien du monde qui m'entoure.

Je tiens le combiné du téléphone comme un noyé s'accroche à sa bouée, dans un murmure épuisé, je prononce une dernière fois ce que je viens de lui promettre. Et puis ça y est, je respire à nouveau normalement.

Presque.

Dans le miroir de la chambre, je vois Jennifer Jones sourire à Jeanne Danicourt.

J'y suis arrivée, mon Dieu, j'y suis enfin arrivée.

Je raccroche en fermant les yeux.

Apaisée et douloureuse de partout.

FIN

Remerciements

A toutes les filles qui l'ont lu avant…

Isaure Auzou, Béatrice Pellizari, Florence Puisségur, Marie-Laure Chocat, Carolyn Dubus, Shanna Capraruolo, Jeannine Crunaire, Marie Guillaud, Laure Barbelivien, Catherine Bernardini, Catherine Nay, Guilaine Turiaf, Carole Bricout, Sonia Mabrouk, Simone Tomasi, Karen Aguglia, Géraldine Sitbon, Samantha Paktor, Laure Jamot, Elisabeth Assayag, Valérie Wautier, Catherine Binet, Nicole Damy, Sophie Barsikian, Laurence Rodriguez, Olivia Fringant, Marie-Pierre Laval, Nathalie Lambert, Hélène Grémillon, Charlotte D'Ornellas, Natalie Collin, Virginie Guilhaume, Anaïs Haegel, Valérie Zipper, Bénédicte Morin, Véronique Seard, Nadia Milosevic, Maryse Jacquet, Laurence Ferrari, Cathy Bancarel, Marguerite Quadrelli, Margaux Russo, Isabelle Saporta, Valérie Perrin, Carla Bruni-Sarkozy, Amaya Jaïs, Clarisse Cohen, Maëlle Guillaud, Catherine Abadie, Anne-Marie Boll, Marilyne Suissa, Véronique Liberty, Sylvie Vartan, Nadia Volf, Brigitte Guilhaume, Claire Duroc Daner.

Et à ces quelques garçons aussi…

Ils étaient quatre comme les Trois Mousquetaires qui m'ont vu œuvrer le stylo à la main, Patrick Mosconi, Alain Pancrazy, Dominique Ambiel, François Binet.

« Isabelle Saporta, je sais qu'on s'est choisi dès les premiers mots échangés dans cette église, drôle d'endroit pour une rencontre, t'avoueras… »

« Margaux Russo, ta présence auprès de moi, cette complicité spontanée, comment m'en passer à présent, je suis pour toujours ton gaufré-vernissé… »

Et maintenant cette équipe de Fayard parlons-en Pauline Duval, Angèle Payet, Anne Schuliar, Jérôme Laissus, Laurent Bertail, vous m'avez tous l'air d'être de sacrés batailleurs et moi j'aime appartenir à la troupe que vous formez, je ne peux pas vous le dire autrement.

Dieu sait que j'aime lire la liste des remerciements à la fin des page-turner américains, j'imagine à travers tous ces noms énoncés des histoires de vie, de rencontre et d'amitié.

Moi, je ne peux décemment pas établir une liste de remerciements individuels, elle serait trop exhaustive comme on dit quand on veut faire écrivain.

Et je ne suis pas un écrivain.

Je suis un romancier, un vagabond des lettres, un baroudeur du vocabulaire, un souffleur de vers qui s'est fait tellement d'amis sur son parcours qu'il ne peut les citer tous, alors je les serre sur mon cœur qu'ils oppressent depuis tant d'années mais ne le dites à personne… J'adore ça !

Cet ouvrage a été imprimé en France par
CPI Brodard & Taupin
Avenue Rhin et Danube
72200 La Flèche (France)

pour le compte des Éditions Fayard
13 rue du Montparnasse, 75006 Paris
en janvier 2024

Photocomposition Belle Page

PAPIER CERTIFIÉ

fayard s'engage pour l'environnement en réduisant l'empreinte carbone de ses livres. Celle de cet exemplaire est de :
950 g éq. CO_2
Rendez-vous sur www.fayard-durable.fr

N° d'édition : 14-6457-5/01 - N° d'impression : 3055147